-the missing children-

아지랑이 데이즈 Ⅳ

KAGEROU DAZE

진(자연의적P) 지음
시즈 일러스트
이수지 옮김

일기는 오늘 처음 써본다.

처음으로 쓰기 때문에, 솔직히 뭘 적으면 좋을지 지금도 무척 고민된다.

「그날 일어난 일을」 적으면 된다지만, 이곳의 생활은 특별히 적을 만한 일이 많은 것도 아니라서 뭐라고 적으면 좋을지 모르겠다.

아— 이런 말을 하면 그 녀석에게 실례이려나. 정정하겠다.

그래. 오늘은 딸이 처음으로 외출한 날이다.

주변에 보이는 모든 것에 눈을 빛내며 저것은 뭐야, 저것은 뭐야 하고 물어 오는 모습은 예전의 내 모습을 보는 것 같았다.

맞아, 그러고 보니 도중에 딸이 커다란 벌을 쫓아가려고 했을 때, 그 녀석은 무척 허둥댔다.

결국 벌을 쫓아내려다 반대로 자신이 벌에게 쫓기게 되었다. 그 모습에는 나 역시 딸과 함께 큰소리로 웃어버렸다.

이제 곧 여기서 살기 시작한 뒤로 몇 번째인가 맞게 되는 여름이 온다.

그러고 보니 이곳에 왔을 때도 숨 막힐 정도로 무더운 한 여름 날이었다.

다시 생각해보면, 시간이 이렇게 빨리 흐른다는 사실에 새삼 놀라게 된다.

앞으로 몇 번이나 셋이서 함께 여름을 맞이할 수 있을까.

앞으로 몇 번이나 셋이서 함께 웃을 수 있을까.

그런 생각을 하면 살짝 쓸쓸해지니까 그만두자.

일기란 좀 더, 다시 읽었을 때 즐거워지는 것이어야 한다. 응, 앞으로는 그런 일기가 될 수 있도록 노력하자.

이왕이면 그날 있었던 일뿐만 아니라, 지금까지 내가 보고 들어온 다양한 이야기도 적어볼까.

응, 그게 좋겠다.

언젠가 딸이 행여나 바깥세상에 흥미를 느끼게 되었을 때 이 일기가 조금이라도 도움이 된다면, 그것이 가장 좋지 않을까. 그런 생각을 한다.

내일부터는 좀 더 여러모로 궁리를 해볼까.

그 녀석이 모처럼 선물해준 것이기도 하고, 가능한 한 매일 적어야지.

그럼 오늘은 이쯤에서 마무리 짓도록 하자.

내일도 좋은 하루가 되기를.

×××

목차

사신 레코드 Ⅰ 019
칠드런 레코드 Ⅲ 051
사신 레코드 Ⅱ 095
칠드런 레코드 Ⅳ 119
사신 레코드 Ⅲ 139
칠드런 레코드 Ⅴ 171
사신 레코드 Ⅳ 187
칠드런 레코드 Ⅵ 205
헤드폰 액터 Ⅴ 213

어두운 곳이었다.

좌우도 위아래도 없었다.

춥지도 덥지도 않았다.

그런 곳이었다.

사신 레코드 I

얼마나 오랫동안 그곳에 있었는지는, 「시간」이라는 것을 알게 된 지금도 잘 모르겠다.

애초에 그곳에 있었던 시절의 나는 「어둡다.」 같은 감각도 없었을 것이다.

나는 언제부터인지 「밝다.」와 만나고, 그때를 경계로 「난 어두운 장소에 있었던 건가.」라고 생각하게 되었으니까.

이 세상은 대체로 그런 것 같다.

새로운 것을 만나고 나서야 비로소 과거의 것을 이해하게 된다.

「오늘」을 만나서 「어제」를 알았고, 「아침」을 만나서 「밤」을 알았다.

「겨울」을 만나서 「여름」을 알게 된 것도 바로 얼마 전 이야기다.

그래. 나는 안다는 것을 배우고 나서, 비로소 이 세상이 계속해서 드라마틱하게 변모하고 있다는 사실을 깨달았다.

암흑이 지배했던 이 세상은 어느샌가 다양한 것들로 가득 차서, 눈을 한 번 깜박일 때마다 그 모습을 바꿨다.

처음으로 눈을 깜박거렸을 때, 나는 의식하지도 못했던 이 세상에 처음으로 흥미를 가지게 되었다.

끊임없이 밝았다가 어두워지는「하늘」.

쏟아져 내리는 햇살을 받아 푸르게 빛나는「바다」.

「대지」에 쏟아지는「비」.

그곳에서 피어나는「생명」.

누군가가 가르쳐준 것도 아니건만, 나는 이 세상에 나타난「그것들」을 바라보며 그 하나하나가 도대체 어떤 것인지 꽃봉오리가 피어나듯 계속해서 알아갔다.

차례차례 태어나 잇따라 썩어 문드러지는 만물을, 그저 끊임없이 알아갔다……. 나는 꽤 오랜 시간을 그렇게 지냈던 것 같다.

나는 그야말로 뭔가 기준이 될 만한 것이 무엇 하나 남아있지 않을 정도로 오랜 시간 동안, 이 세상의 변모를 계속해서 응시했다.

그러던 어느 날, 나는 깨달았다.

한 번 돌아가기 시작한 이 생각은, 전혀 멈출 줄 몰랐다.

암흑 속에 있었던 시절처럼 아무것도 생각하지 않고 그저 그 자리에 가만히 있으려고 했지만, 「안다는 것」을 배운 내 머릿속에서는 꼬리에 꼬리를 물고 의문이 떠올랐다.

『이것은 뭐지.』

『저것은 어떻게 되어 있는 거지.』

『이것은 왜 여기에 있는 거지.』

떠오르는 호기심을 억누를 수도 없고 멈출 이유도 없었던 나는, 넘쳐흐르는 의문에 몸을 맡기며 다음 날도 또 그 다음 날도 세상을 이해하기 위한 여행을 계속했다.

*

어느 날 나는 동굴 안에 뻗어 있는 가느다란 외길을 나아가다, 호수가 펼쳐진 널따란 공간에 다다랐다.

바위로 된 천장은 여기저기 갈라져서, 그 틈으로 새어 나오는 햇살이 호수의 수면을 깜빡깜빡 비추고 있었다.

어슴푸레한 빛이 비추는 곳을 무심히 들여다보니, 수면에 작은 그림자가 비쳤다.

일렁이며 마치 나를 바라보는 것처럼 우두커니 서 있는 그 모습은, 지금까지 본 어느 생물과도 다르게 생겼다.

처음에는 신경 쓰지 않았다. 생물은 수두룩하니 어떤 녀석이 있어도 이상하지 않았다.

단지 그 생물이 아무래도 「나를 인식하고 있는 것처럼」 보여서 놀라웠다.

「뭔가가 나를 볼 수 있을 리」 없었다.

지금까지 만났던 생물들은 서로를 인식하는 것처럼 보였지만, 어째서인지 나를 인식하는 생물은 한 마리도 없었다.

그 점에서 이 그림자는 「눈」은 없지만, 나를 지그시 응시하는 것처럼 보였다.

나는 흥미가 솟아올라 그 그림자와 잠시 마주 보았다. 하지만 이내 그 형체는 틀림없는 자기 자신의 모습이라는 사실을 깨달았다.

충격이었다.

왜 지금까지 눈치채지 못했을까. 나에게도 다른 존재와 마찬가지로 자신의 형태가 있었던 것이다.

처음으로 「자신의 모습」과 만난 뒤, 내 머릿속에는 호기심이 넘쳐흘렀다.

「언제부터 이런 모습이었을까?」, 「여기는 어떻게 생겼나?」, 「왜 이런 모습을 하고 있지?」 하며 자신의 몸을 구석구석 살펴보았다.

하지만 나는 떠오르는 의문에 대해 아무것도 대답할 수가 없었다.

정말 이상한 감각이었다.

「자기 자신」을 전혀 모르는 것이다.

지금까지 다른 존재에 대해서는 이해할 수 있었는데…….

『누가 나를 만들었을까.』

문득 떠오른 그 의문은 순식간에 내 머릿속을 가득 메웠다.

비슷한 것을 찾자면 가깝게는 나는 어느샌가 나타난 「생물」과 같은 범주 안에 들지도 모른다.

하지만 그 범주 안에 내가 들어 있다면 어딘가에 나를 낳은 존재가 있겠지만, 나는 이 오랜 시간 동안 아직까지 그런 존재와 만난 적이 없다.

애초에 나는 「생물」의 시작을 바라보았던 것이다. 그런 점을 봐도 나는 녀석들과는 근본적으로 출생이 다르겠지.

게다가 녀석들은 「시간」에 의해서 스러져갔다. 하지만 나는 이때까지 녀석들이 눈 깜짝할 사이에 소멸을 맞이하는 동안, 전혀 사라질 낌새가 보이지 않았다. 그런 것을 보면, 나는 그 녀석들과 전혀 다른 「뭔가」라고 생각하는 편이 자연스러울지도 모른다.

그렇지만…….

『그렇다면 나는 도대체 무엇일까.』

나는 여태껏 내 앞에 나타난 모든 것을 하나하나 연결해서 더듬어가듯, 세상을 이해하기 위한 여행을 다녔다. 하지만 정작 나는「나 자신」에 대해서 생각해본 적도 없었다.

나는 떠오른 의문에 대한 대답을 찾기 위해서 드디어 본격적으로 생각하기 시작했다.

눈을 감고 눈앞에 펼쳐지는 어둠에 몰입했다.

눈앞에 펼쳐지는 어둠과 무척 닮은, 그 시절의 암흑을 떠올린다.

더듬어 가는 것이다.

다시 맨 처음으로.

*

……시간이 얼마나 흘렀을까.

나는 아주 오랜 시간 동안, 이 자리에서『나 자신』에 대해 설명하기 위해 생각의 여행을 하고 있었다.

지금까지 축적해온 모든 지식을 동원해 방대한 생각의 궤

적을 차례차례 계속해서 더듬어갔다.

그것은 정말 정신이 아득해질 정도로…… 아니, 나에게 그런 일이 일어날 리 없겠지만, 그렇게 느껴질 정도로 길고 긴 여정이었다.

그리고 그런 호기심만을 추진력 삼아 달린 생각의 여행도, 간신히 종착점에 다다르게 되었다.

나는 내가 떠올릴 수 있는 맨 처음부터, 여기서 눈을 감는 그 순간까지의 기억을 다 더듬었다.

하지만 결과는…….

『……모르겠군.』

내가 찾은 대답이긴 하지만, 나는 무심결에 흘러나온 결론에 완전히 낙담해버렸다.

요컨대 나는 『아무리 해도 나를 설명할 수 없다.』라는 사실을 이해한 것이다.

이제까지 시간은 걸리더라도 대부분 이해할 수 있었지만, 이번은 어떠한가.

추억의 주위를 계속해서 빙글빙글 돌아봤지만, 전혀 대답을 찾을 수 없었다.

솔직히 이렇게까지 대답을 찾을 수 없는 의문과 직면했다는 사실에, 기분이 매우 언짢았다.

언짢다라…….

이것도 추억의 부산물 중 하나일지도 모른다.

그렇게 생각하니 머리가 점점 느려져서, 나는 오랜만에 눈을 떴다.

눈앞의 수면에는 변함없이 내 모습이 비치고 있었다. 검은 그림자. 머리도 다리도 꼬리도 없이 검기만 한 존재가 그곳에 있었다.

그런 형용하기 어려운 자신의 생김새를 보니, 점점 더 언짢아지기 시작했다.

생김새만이라도 조금 더 알기 쉬웠다면 좋았을 것이다.

다리가 있고, 머리가 있고……. 그런 모습이었다면 지금보다 조금 더 설명하기 쉬웠을지도 모른다.

그렇게 빈정대듯이 생각하고 있는데, 별안간 수면에 비친 검은 그림자에 두 개의 붉은 점이 희미하게 나타났다.

생물이 흘리는 피처럼 새빨간 색이 빛나는 것 같았다.

자신에게 일어난 변화에 살짝 놀라긴 했지만, 의외로 머리는 냉정하게 돌아갔다.

이것은…… 「눈」인가? 조금 전까지는 없었던 것 같은데…….

하지만 그런가. 나에게는 『눈』이 있는 건가.

조금 더 생물 같아졌지만, 실제로는 어떨까. 생물과는 다른 무언가라면 도대체…….

새롭게 손에 넣은 정보를 바탕으로 내가 다시 생각에 잠기려고 한 순간, 갑자기 등 뒤에서 잘그락잘그락 자갈이 서로 부딪치는 소리가 들리기 시작했다.

갑작스러웠지만, 머리는 냉정하게 판단했다.

나는 이 소리를 알고 있다. 생물이 전진하며 지면을 힘껏 밟을 때 울리는 소리다.

반사적으로 소리가 나는 방향을 보니, 아무래도 그 소리의 주인공은 내가 여기에 오기까지 나아갔던 길을 그대로 따라오는 모양이다.

점차 가까워지는 그 소리를 들어보면, 아마 두 다리로 걷는 작은 생물이겠지. 수는 몇 마리 정도 되겠군.

그렇게 생각하는 동안, 머지않아 예상대로 몇 마리의 작은 생물이 나타났다.

다만 이 녀석들 또한 본 적이 없는 녀석이었다.

다른 생물과 달랐던 점은, 그 녀석들이 「불이 붙은 나뭇가지」를 지녔다는 점이었다.

그 덕분에 어두운 동굴 안을 밝히며 들어올 수 있었겠지.

흥미가 생겨서 그 방향을 말끄러미 바라보자, 그 생물은 더욱더 나에게 가까이 다가왔다.

그 녀석들이 다가오자 불에 비친 모습이 한층 더 선명하게 보였다.

뭔가의 유기물을 섬유 형태로 엮어서 모피처럼 두르고 있었다.

그 밖에도 허리에는 아마도 호신용으로 보이는, 의도적으로 깎아낸 듯한 작은 광물을 차고 있었다.

불을 사용하는 걸로 봐서, 아무래도 상당히 높은 지능을 가진 생물인 것 같았다.

그 생물은 뭔가를 경계하는지 주변을 두리번두리번 둘러보았다. 아마 포식자들을 경계하고 있는 것이겠지.

몸이 저 정도 크기라면, 커다란 생물이 순식간에 통째로 삼킬 수 있을 것 같았다.

그런 생각을 하면서 계속 지켜보고 있으니, 그 녀석들은 별안간 멈춰 서서 내가 있는 방향을 비추듯이 불을 치켜들고 커다란 울음소리를 냈다.

마치 먹히기 직전에 나올 것 같은 날카로운 울음소리. 허를 찔린 나는 단숨에 머리를 굴렸다.

뭐지?! 이 녀석은 도대체 무슨 생각으로 이렇게 소리 지르는 거지?!

그 생물은 그런 나를 아랑곳하지 않고 계속해서 소리 지르며, 손에 든 불을 휘두르기 시작했다.

암흑 속에서 검붉은 빛의 잔광이 공중에 좌우로 흩날렸다.

『불』

저것은 사물을『태우는』물질이다.

그렇다는 건 알고 있다. 단지 왜 이 녀석들은 그런 것을 휘두르는 걸까?

나는 마치 뭔가를 쫓아내려는 것처럼 보이는 그 태도를 전혀 이해할 수 없었다. 하지만 휘둘러진 불 끝에 닿은 순간, 그 의미를 돌연히 깨닫게 되었다.

침착했던 내 사고는 멈추고, 그 대신 지금까지 체험하지 못했던 무시무시한 감각이 머릿속을 가득 채웠다.

『뜨거워.』

뜨거워, 뜨거워, 뜨거워, 뜨거워.

나는 격렬하게 번쩍이는 듯한 날카로운 감각에 몹시 혼란스러웠다.

이건 도대체 뭐지?!

아파!

뜨거워!

이해할 수 없어. 고통스러워. 견딜 수 없어!

눈앞의 불꽃에 비친 생물이 눈을 부릅떴다. 그 시선은 확실히 나를 향하고 있었다.

오싹하는 기분 나쁜 감각이, 격통으로 가득 찬 머릿속을 뒤덮었다.

내가 허둥지둥 뒤로 물러나자, 번쩍 치켜들어졌던 불꽃은 나를 다시 때리지 못하고 허공에 주황빛 선을 그었다.

조금이라도 더 거리를 벌리기 위해 몸을 필사적으로 비틀었지만, 불에 덴 자리가 욱신욱신 쑤셔서 몸에 힘이 들어가지 않았다.

이 고통의 파도에서 도망칠 수 없다. 나는 그 사실을 깨닫고 태어나서 처음으로 「공포」라는 것을 배웠다.

어째서일까.

이제껏 불에 덴 적은 없었는데.

그렇기는커녕 뭔가와 접촉한 적도 없었는데, 이것은 어떻게 된 일이지?

필사적으로 머리를 굴렸지만, 이 몸에 새로 배어든 「공포」라는 감각은 아무리 해도 사고를 방해했다.

생물은 내가 피했다는 사실에 놀란 것 같았지만, 다시 나를 향해 불을 내밀었다.

지금 당장 이곳에서 도망치려고 발버둥 쳐도 무리다.

너무 갑작스러운 일에 머리와 몸이 따라가질 못했다.

나는 단지 나에게 계속해서 고통을 주려고 하는 이 녀석들을 보며, 공포에 떠는 수밖에 없었다.
무서워. 이 녀석들은 도대체 뭐지. 나를 어떻게 하려는 거지.
생물이 다른 뭔가를 공격하다니. 도대체 거기에 무슨 의미가…….

『……나를 잡아먹으려고 하나?』

그렇게 생각한 순간, 내 머리는 더욱더 공포로 가득 찼다.
이 세상에서 생물이 다른 생물을 공격하는 이유.
그 이유는 때때로『포식』이었다.
살기 위해 몸소 다른 생명을 먹는다.
그래. 그렇다는 것은 알고 있다.
그럼, 나도 다른 생물들이 강자에게 잡아먹히듯이 그렇게 이 녀석들에게 먹혀 죽는 건가?
분명 그렇겠지.
실제로 이 녀석들은 도망치려는 나를 집요하게 몰아세우고 있으니까.
아— 이 녀석들은 나를 죽일 것이다.
잡아먹힐지도 몰라.
죽어?
죽으면 어떻게 되지?

이제 생각할 수도 없게 되는 건가?

불을 지닌 생물은 별안간 이상한 형태의 광물을 꺼내 들었다.

안에는 뭔가 액체가 들어 있는지 꿀렁꿀렁 소리가 들렸다.

생물은 주저 없이 그 안에 든 내용물을 나에게 뿌렸다.

그 순간, 생물이 들고 있던 불이 나에게 세차게 옮겨붙었다.

시야를 뒤덮을 정도의 불길에 타서 온몸이 심하게 아팠다.

떨쳐내려 했지만 공포로 경직된 몸은 마치 움직이기를 거부하는 것처럼 말을 듣지 않았다.

『뜨거워. 아파. 죽고 싶지 않아. 죽고 싶지 않아. 죽고 싶지 않아!』

그런 생각만 머릿속에 떠올랐다.

너무 아픈 나머지 몸이 부들부들 떨렸다. 결국 「끝」을 각오한 순간, 나는 생물이 계속해서 부르짖던 울음소리에 내 귀를 의심했다.

"죽여주마! 이 괴물자식!"

눈앞의 생물이 울부짖는 소리는 달라진 점이 없었다.

다만 내 머릿속에서는 눈앞의 생물이 주장하는 소리가

그런 의미로 들렸다.

그런 새로운 감각을 이해하려고 했지만, 지겹다고까지 생각했던 「의식」은 이미 조금씩 멀어지고 있었다.

눈앞이 아찔해지더니 점차 어두워졌다. 그에 따라 몸을 태우는 격통과 공포도 조금씩 희미해졌다.

저항할 방법도 없이, 아무것도 보이지 않고 점점 사라져가는 의식 속에서, 단지 생물들의 울음소리가 머릿속에 울렸다.

"……어떻게 된 거야?! 무슨 일이야?"

"뱀이야! 젠장, 아야야…… 우글우글해! 조심해!"

이 녀석들은 왜 이렇게 소란을 피우는 거야?

뱀이라니 무슨 소리지?

뱀이라는 말의 의미는 알 수 없었지만, 녀석들은 그 존재에 공포심을 느끼는 모양이다.

그것만은 쉽게 이해할 수 있었다.

"돌아가자!"

곧이어 멀리 있던 한 마리가 그렇게 외치더니, 잘그락잘그락 지면을 차는 소리가 들렸다.

아무래도 힘차게 달려 나간 모양이다.

하지만 왜 갑자기 뛰어나가는 거지?
이 녀석들은 그 정도로 뱀이라는 존재를 두려워하는 걸까.
여전히 아무것도 볼 수 없었지만, 그만큼 들리는 소리가 어떤 의미인지 명확하게 알 수 있었다.
남은 몇 마리의 생물도 그 뒤를 좇듯이 발소리를 내며 분주하게 뛰어갔다. 출구를 향해 나가는 모양이었다.
부디 이대로 떠나줘. 나는 간절하게 기도했다.
당황한 듯이 멀어지는 녀석들의 발소리가 사라지고 나서도, 한동안 여음(餘音)이 바위에 반사되어 왕왕하고 울려 퍼졌다.

이유는 모르겠지만 저 녀석들이 떠나서, 일단 목숨은 어떻게든 건진 모양이다.
아니, 과연 그럴까.
주변은 여전히 보이지 않고, 통증도 이미 느껴지지 않았다.
어쩌면 나는 벌써 죽었을지도 모른다.
그런 생각이 들자, 발소리도 사라진 고요한 어둠 속에서 뭔가가 「두근」 하고 맥박 치는 소리가 들렸다.
밖에서 들려오는 소리가 아니다. 그래. 마치 안쪽에서 울리는 듯한…….
『……읏?!』
불에 덴 부분이 갑자기 욱신 하고 쑤셨다. 머리를 꿰뚫는 듯한 예리한 감각에 무심코 목소리가 새어 나왔다.

그와 함께 시야가 돌아오고, 텅 비었던 머리도 빙글빙글 돌기 시작했다.

당황해서 주변을 둘러봤지만, 호수 부근에는 이미 조금 전에 봤던 생물의 모습은 보이지 않았다.

역시 도망간 것이 확실했다.

나는 겨우 안도했지만, 안쪽에서 울리는 「두근두근」 하는 소리에 맞춰서 잇따라 격심한 통증이 몸으로 퍼졌다.

통증……. 공포와 연결되는, 아무래도 받아들이기 어려운 감각이다.

조금 전 녀석들의 모습을 보면, 아마 그 녀석들도 이런 감각을 갖고 있겠지. 「아픔」은 「공포」를 낳는다.

얄궂은 일이지만 아플 정도로 잘 이해할 수 있었다.

이런 상태라면, 간헐적으로 계속되는 이 아픔은 바로 사라지지 않겠지. 하지만 죽는 것에 비하면 이런 「아픔」은 별거 아닌 것처럼 여겨졌다.

자신의 몸이 이렇게나 소중한 것일 줄은 몰랐다. 스스로도 이 사실이 놀라웠다.

머리가 점차 정상적으로 돌아가기 시작하면서 자연스럽게 방금 일어난 일을 회상하기 시작했다.

그 녀석들…… 그「불을 지닌 생물」은 도대체 뭐였을까.

그 녀석들은 틀림없이 명확한 살의를 가지고 나를 죽이려고 했다.

돌이켜 생각하면 할수록 무서운 생물이다.

그 녀석들은 나보다 『강자』인 것일까.

비참하게도 몸이 다시 덜덜 떨리기 시작했다.

『공포』. 이런 감각은 알고 싶지도 않았다.

어서 빨리 잊어버리고 싶지만, 매우 깊이 배어든 이 감각은 그렇게 간단히 잊힐 것 같지 않았다.

……그런가. 지금까지 바라보았던, 생물이 죽는 순간에 떠올리는 그 표정은 이것 때문이었나.

조금 전에 체감했던, 자신의 모든 것을 영원히 빼앗기는 듯한 감각. 끝없는 어둠에 떨어지는 감각.

이 세상에서는 이렇게 절망적인 일이, 매일 셀 수 없을 정도로 반복되었던 것이다.

그렇게 생각한 순간, 이 세상이 갑자기 무섭게 느껴졌다.

뭐야. 나는 자신은커녕 이 세상조차 겉핥기로 알고 있었나.

자신에게 일어나는 변화란, 세상을 보는 방식을 이렇게나 뒤바꾸는 것이었다.

나는 달관했던 자신의 무지함을 깨닫는 것과 동시에, 내가 드디어 이 세상에 편입된 듯한 느낌이 들었다.

무언가를 두려워한다는 것은, 이제껏 생각해본 적도 없었다. 지금은 나 자신에게 일어난 이 엄청난 변화에 몸을 맡겨보자.

……그러고 보니 그 녀석들이 마지막에 「뱀」이라고 외치며 두려워했던 그것은 뭐였을까.

신경이 쓰여서 문득 그 녀석들이 서 있던 곳을 바라보자, 그곳에는 뭔가가 우글대고 있었다.

길고 가느다란 촉수처럼 생긴, 엄청난 양의 검은 「무언가」가 뒤얽히며 지면을 기어 돌아다니고 있었다.

『힉……!』

그것을 확인한 순간, 순식간에 다시 머릿속이 혼란스러워졌다.

공포라는 것은 한 번 배우면 잊히지 않는 모양이다. 정말 성가시다.

저것이 조금 전 불을 들고 있던 생물을 공포에 떨게 한 「뱀」인가? 아무래도 여러 마리인 모양인데, 설마 이 녀석들도 나를……?

나는 다시 신변의 위험을 느끼고 떨기 시작했지만, 그런 나를 아랑곳하지 않고 「뱀」 한 마리가 내 눈앞으로 꿈틀꿈

틀 다가왔다.

아무래도 나는 다른 생물이 인식할 수 있는 모습으로 변화한 모양이다.

그건 알겠지만, 나에게는 다른 생물에게 대항할 방법이 전혀 없었다.

만약 다시 공격을 받아도 별도리가 없겠지.

옥죄어 오는 공포를 견디지 못하고 도망치기 위해 몸에 힘을 주었다.

그러나 몸은 여전히 잘 움직이지 않았다.

마치 움직이는 법을 완전히 잊어버린 것처럼, 몸에 준 힘은 몸을 움직이지 못하고 어딘가로 사라져버렸다.

그래도 나는 도망치기 위해 몸을 움찔거렸지만, 이미 뱀은 공격하면 확실하게 내 숨통을 끊을 수 있는 거리까지 다가왔다.

"우…… 와, 주, 죽이지 마!"

나는 매우 당황해서 무심코 비명을 질렀다.

내 비명은 동굴 안의 돌벽에 부딪쳐서 몇 번이고 몇 번이고 메아리쳤다.

당연하게도 나는 비명을 지르는 것이 처음이라, 내가 지른 소리에 놀라 움찔! 하고 몸을 굳혔다.

그런 자신이 어쩐지 이상하게 부끄러워서, 머릿속은 한층 더 엉망진창으로 혼란스러워졌다.

죽이지 마.

나는 그런 의미로 비명을 질렀지만, 과연 뱀에게 그것이 전달되는 것일까.

「뱀」은 움직임을 딱 멈추고 혀를 날름거리나 싶더니 느릿하게 말하기 시작했다.

"조금 전 사람을 공격한 것은 녀석들이 우리의 보금자리를 침범하는 너무나 성가신 생물이기 때문이다. 너를 죽일 이유는 없다."

나는 뱀의 의사(意思)를 뚜렷하게 이해할 수 있었다.

분명 죽이지 않겠다고 그렇게 말한 것 같다.

뱀의 그 의사를 받아들인 것인지 어떤지 잘 모르겠지만, 꿈틀대던 다른 뱀들은 뿔뿔이 흩어져 어딘가로 사라졌다.

이 녀석들은 아마 이 동굴을 거처로 삼고 있는 것이겠지.

내가 생각에 잠긴 동안, 녀석들이 태어나 번식할 정도로 시간이 지났다는 것인가.

뜻밖에도 「뱀」과 의사를 교환할 수 있다는 것이 기뻤기 때문인지, 아니면 적의가 없다는 사실에 안도했기 때문인지, 왠지 눈가가 촉촉하게 뜨거워졌다.

"뭐야, 우는 건가?"
"……울어? 그게 뭐지?"
"아— 모르는 건가. ……그래 그렇군. 너는 아무것도 모르는구나."
뱀은 그렇게 말하고 몸을 빙글빙글 마는가 싶더니, 혀를 두 번 정도 날름거렸다.
나는 「너는 아무것도 모른다.」라는 뱀의 말에 왠지 울컥했다.
"그렇지 않아. 나는 너보다도 훨씬 오랫동안 이 세상을 봐왔네. 거의 대부분을 알고 있지."
나는 바로 조금 전에 모르는 것이 많다고 깨달았으면서도, 그만 그런 말을 내뱉어 버렸다.
머릿속에서 서서히 후회하는 마음이 소용돌이치기 시작했다. 솔직하게 자신이 무지하다고 인정하면 됐을 텐데 왜 큰소리를 쳤을까.
"그럼 너는 도대체 누구지?"
아니나 다를까, 나는 뱀이 던진 질문에 뜨끔했다.
이 녀석은 아는지 모르는지, 내가 가장 어려워하는 부분을 정확하게 찔렀다.
심술궂은 자식. 가슴속에서 끈적끈적한 감정이 소용돌이쳤지만, 그렇다고 달라질 것도 없어서 그냥 솔직하게 대답하기로 했다.

"……그, 그건 잘 모르겠네. 알고 싶다고 생각하던 참이지."

갑자기 말을 바꿔서 모르겠다고 대답하는 것은 몹시 꼴사나웠지만, 이렇게 대답할 수밖에 없었다.

아— 섣불리 아는 척 하면 제대로 되는 일이 없다. 앞으로 섣부른 발언은 피해야겠지.

뱀은 내 대답을 듣고 "과연." 하고 간결하게 대답했다.

그런 태도가 마치 날 깔보는 것 같아서 다시 울컥했지만, 뱀이 계속해서 말을 했기에 입을 다물었다.

"아, 미안하군. 네가 우리가 쓰는 말을 사용하는 것이 신경 쓰여서 말이지. 그렇다고는 해도 자신에 대해 알고 싶다니 이상한 생물이로군."

뱀의 말은 알아들을 수는 있었지만, 그 의미는 파악할 수가 없었다.

자신에 대해 알려고 하는 것이 『이상하다』?

무슨 말인지 전혀 모르겠다.

"도대체 무슨 말을 하는 건가. 너는 내가 누구인지 아는가?"

뱀은 내 질문에 "글쎄. 나는 짐작이 가지 않는군."이라고 대답하며 여전히 나를 비웃는 듯이 혀를 날름거렸다. 그리고 뭔가 떠올랐는지 계속해서 말했다.

"아— 사람이라면 가르쳐줄지도 모르지. 녀석들도 자신을 이해하려는 생물이니까. 너에게 「거울」이 되어주지 않을까."

사람이 뭐지? 나는 잠시 고민했지만, 곧 뱀이 말하는 「사람」이 조금 전 나를 공격했던 생물을 가리킨다는 것을 깨닫고 그만 화를 냈다.

"그런 녀석들을 다시 보라는 건가? 나는 조금 전에 죽을 뻔했단 말일세! 그런 녀석들이 나에 대해 뭔가를 가르쳐줄 리가……."

거기까지 말했을 때, 나는 문득 그 녀석들이 나를 향해 내뱉었던 한마디를 떠올리고 깜짝 놀라 입을 다물었다.

"……괴물."

그래. 그 녀석들은 나를 「괴물」이라고 불렀다.

사람이 망설임 없이 나를 그렇게 불렀다는 말은, 나에 대해서 뭔가 알고 있을지도 모른다는 소리다.

하지만…….

"……확실히 그 녀석들은 나를 아는 것처럼 말했지만, 나는 죽을 뻔했네. 만난다고 해도 다시 공격당하면 당해낼 수 없지."

그렇다. 공격당하는 것은 무섭다.

생물들이 왜 필사적으로 공격당하는 것을 피하려고 하는지 충분히 납득할 수 있을 정도로 무척 두려운 것이었다.

"그런가. 어떻게 할지는 네가 정하는 것이니까. 뭔가를 깨달을 수 있는 것은 너 자신뿐이지."

"으으…… 어쩌라는 거냐."

나는 사람과 다시 만나지 않으면, 나에 대해 알 수 없다.

그렇다고 사람과 만나서 공격당하면 그것이야말로 본말이 전도된다.

뱀은 근심에 잠긴 나를 보다 못했는지 느릿하게 질문했다.

"흠. 그럼 너는 왜 사람에게 공격당한다고 생각하지?"

"……그건 종족이 다르기 때문이겠지. 지금까지 봐온 생물도 그랬네."

"그럼 어떻게 하면 공격당하지 않을까?"

"어떻게 하면? 그야…… 같은 모습을 한 동족이라면 공격하지 않겠지."

내가 잠시 생각한 뒤 그렇게 말하자, 뱀은 고개를 힘껏 젓더니 「호수를 봐라.」라고 말하는 것처럼 호수를 가리켰다.

"……응? 내 모습을 보라는 말인가? 거기에 무슨 의미가 있지?"

뱀은 내 질문에 대답하지 않고 「됐으니까 어서.」라는 분위기를 풍기며 그저 반복해서 호수를 가리켰다.

"도대체 왜 그러는가……."

나는 그렇게 말하며 마지못해 몸을 움직이려고 했지만, 역시 아무래도 몸을 움직이기 힘들었다.

"크…… 이건 또 왜 이러는 것이냐……."

하지만 쩔쩔맸던 조금 전보다는 약간 나아졌는지, 조금씩이긴 하지만 어떻게든 이동할 수 있었다.

나는 도대체 왜 이런 짓을 하고 있는 걸까.

뱀의 지시에 대한 불만이 머릿속에서 배어 나왔다.

어차피 호수에 모습을 비춰봐도, 조금 전에 본 그림자 같은 모습이 비칠 뿐이잖아. 그런 것을 재확인해서 뭐하자는 건가.

이걸로 아무것도 얻지 못한다면, 저 뱀을 어떻게 만들어 줄까.

아, 아니, 저 뱀은 강한 녀석이었지. 어떻게 할 방법이 없다.

몸을 질질 끌면서, 간신히 호수 근처까지 다다랐다.

이렇게 짧은 거리를 이동하는 것만으로도 몸이 엄청 나른해졌다.

지금까지 이런 적은 없었는데, 정말 어떻게 된 걸까.

나는 그런 생각을 하며 호수를 들여다보다가, 눈앞에 펼쳐진 예상 밖의 광경에 말을 잃었다.

어슴푸레하게 밝혀진 짙은 녹색 수면 위에, 연주황빛 생물 한 마리가 있었다.

그것은 틀림없이 사람의 모습이었다.

너무나 갑작스러운 일에 몸이 휘청 흔들리고, 나도 모르게 "우왓!" 하고 소리가 터져 나왔다.

하지만 호수에 비친 사람은 나를 공격할 낌새도 없이, 묘한 표정으로 나와 똑같이 펄쩍 뛰어올랐다.

얼핏 정신을 차리고 주뼛주뼛 바라봤다.

잠시 생각해보니, 나 역시 이 상황이 어떤 의미인지 이해할 수 있었다.

"이건…… 나인가?!"

검은 그림자 같았던 내 모습은 어떻게 된 영문인지「사람」과 무척 닮은 모습으로 수면에 비치고 있었다.

조금 전에 만난 사람에 비하면 어딘가 가냘프고 작은 몸매였지만, 이 생김새는 틀림없이 사람의 모습이었다.

녀석들이 두르고 있었던 모피 같은 것은 없었지만, 몸의 형태는 거의 사람과 똑같았다.

"무, 무슨……!"

근래에는 정말 혼란스러운 일뿐이었다. 그리고 나는 이번에도 어김없이 큰 혼란에 빠졌다.

이렇게 이상한 일들이 뻥뻥 터지니 그럴 만도 하다.

그런 내 심정을 대변하듯이, 수면에 비친 나도 입을 떡하니 벌리며 묘한 표정을 짓고 있었다.

아— 나는 혼란스러울 때 이런 표정을 짓는구나. 나는 그렇게 혼자 납득했다.

팔에 힘을 주자 수면에 비친 나도 함께 팔을 움직였다.

그 상태에서 두 팔로 몸 여기저기를 찰싹찰싹 만지작거리자, 손바닥과 닿은 부위가 각각 「그곳에 내 몸이 있다.」라는 정보를 머릿속으로 전달했다.

이 몸에 깃든 어렴풋한 열기는 불꽃과 전혀 다른 따스한 느낌이었다.

손으로 만져보니 조금씩 내 몸의 존재가 실감 났다. 마치 의식하고 나서야 비로소 온몸의 감각이 움직이기 시작한 것만 같았다.

무의식적으로 나온 목소리는 이 목에서 나온 것인가.

그리고 이 다리로 이동했다면, 움직이기 어려웠던 것도 납득이 갔다.

흥미가 가는 대로 묵묵히 자신의 몸을 여기저기 어루만지고 있으니, 응시하고 있던 수면에 조금 전 뱀의 모습이 슥 비쳤다.

"너는 조금 전부터 그런 모습을 하고 있었지만, 그 태도를 보니 몰랐나 보군."

나는 여전히 몸 여기저기를 쓰다듬으면서 뱀의 질문에 "……바로 조금 전에 처음으로 깨달았어." 하고 대답한 뒤에 일단 손을 거뒀다.

"점점 더 나 자신을 이해하지 못하겠군. 나는 정말 어떻게 된 거지?"

내가 그렇게 질문하자, 뱀은 "글쎄, 그것도 나는 모르겠군. 적어도 너 같은 생물은 지금껏 본 적이 없어."라고 대답했다.

내가 여기서 갖가지 생각에 잠겨 있는 동안 생물들이 얼마나 늘어났는지는 모르겠지만, 뱀이 본 생물 중에서 나 같은 것은 없었다는 말인가.

「몸」이나 「말하는 능력」처럼 손에 넣은 것은 많지만, 그런 것을 가지고 있다 해서 답이 바로 나오는 것은 아닌 모양이다.

하지만 이 녀석, 의미심장한 말을 하는 것치고는 의외로 쓸모가 없구나. 내가 그런 생각을 하고 있을 때, 뱀이 "다만—." 하고 다시 말을 꺼냈다.

내 마음을 읽힌 것 같아 순간 뜨끔했지만, 나는 냉정하게 "뭔가." 하고 대답했다.

"너는 아무래도 신기하군. 아무것도 없던 곳에서 갑자기 나타나, 모습을 다양하게 바꿀 수 있으면서 다른 생물의 언어를 이해하지. 나는 마치 네가 이제야 비로소 「무언가」가 되려는 것처럼 보인다만."

"이제야 내가 되려 한다니? 영문 모를 소리는 그만두게. 나는 나일세. 나는 그저 내가 누구인지 알고 싶을 뿐이네."

내가 그렇게 말하자, 뱀은 혀를 날름거리며 "그래, 알았네. 그냥 우스갯소리지. 잊어주게."라고 말하고 물러났다.

"그럼, 나는 이제 슬슬 내가 사는 곳으로 돌아가겠어. 너처럼 흥미로운 생물과 만나서 즐거웠네."

"가는 건가. 여러 가지로 신세를 졌군."

뱀은 내 말에 "별거 아니야."라고 대답한 뒤 어디론가 자취를 감췄다.

정적 속에 혼자만 덜렁 남았다.

호수의 수면은 변함없이 사람을 모방한 듯한 내 모습을 계속해서 비추고 있었다.

"……사람."

다시 팔을 들어 올려서 몇 번이나 주먹을 쥐어보았다.

이런 느낌이라면 몸을 제대로 움직일 수 있을 때까지 아마 그리 오래 걸리지는 않을 것이다.

적어도 이곳에 있어서는 정말 알고 싶은 것을 하나도 이해할 수 없을 것이라는 것을 깨달았다.

"공격을 받지 않으면 좋겠지만……."

나는 아마 앞으로 이 동굴을 나가서 사람을 만나러 가겠지.

그것이 무엇을 의미하는지 솔직히 지금은 아직 잘 모르겠다. 하지만 아무래도 녀석들이 말하는 「괴물」이라는 말의 진의를 확인해야 이 호기심을 채울 수 있을 것 같았다.

"……그나저나 가냘픈 몸이군. 좀 더 강해 보이는 외모가 좋지 않았을까."

바깥세상은 어떻게 되었을까.

최소한 겨울은 아니었으면 좋겠다.

겨울은 너무 조용해서 재미가 없다.

이왕이면 변화가 가득한 여름이면 좋겠지만, 과연 어떨까.

나는 작은 기대와 커다란 불안을 가슴에 안고, 비틀거리며 동굴 바깥으로 걸음을 옮기기 시작했다.

칠드런 레코드 Ⅲ

"……저 선생님은 분명 외계인일 거야. 무슨 말을 하는지 전혀 못 알아듣겠는걸."

아야노는 주변을 둘러보는가 싶더니, 소곤소곤 그렇게 말했다.

바깥은 화창했다.

찌는 듯한 더위에 매미 소리, 이 얼마나 꾸며낸 티가 역력한 한여름 날인가.

아야노는 교실 맨 뒤의 창가 자리에 살짝 걸터앉으면서 내 반응을 힐끔힐끔 살폈다.

"아— 그래그래."

내가 또 성가신 것이 시작됐구나 생각하며 적당히 대꾸하자, 아야노는 어깨를 축 늘어뜨리며 책상 위로 엎드렸다.

"우우. 신타로는 오늘도 차갑구나—."

"네가 어이없는 말을 하니까 그렇지. 뭐가 외계인이냐. 단순히 네가 수업을 따라가지 못할 뿐이잖아."

"그, 그렇긴 하지만."

교과서를 팔락팔락 넘겨봤지만, 그다지 어려운 내용은 없었다.

이 녀석은 너무 머리가 나쁘다. 이 정도의 수업을 따라가지 못하는 녀석이야말로 외계인이 아닐까.

"바보일수록 남 탓을 하는 법인가. 그보다~ 너, 저번 시험도 낙제였지? 이대로라면 여름 방학 동안 보충 수업을 들어야 되는 거 아냐? 도대체 너는……."

평소에는 이 정도 말하면 "죄송합니다. 제가 바보입니다. 용서해주세요."라는 식으로 말할 텐데, 오늘 아야노는 꽤 끈질기구나.

이런 생각을 하면서 바라보자, 아야노는 어느샌가 몸을 일으키고 나를 가만히 노려보고 있었다.

평소 온화하기 그지없는 아야노가 짓는 드문 표정에, 나는 그만 멈칫했다.

"뭐, 뭐야. 화난 거야?"

주저주저하며 물어보자, 아야노는 내 질문에 대답도 하지 않고 담담히 말을 꺼냈다.

"신타로, 나한테 그런 말 해도 괜찮아? 난 다 알아. 머리

좋다고 공부도 안 하고 인터넷으로 야한 사이트만 들어가는 거. 어제도 들어갔지?"

너무나 예상 밖의 내용인 데다가, 엄청 큰 목소리로 이야기하는 아야노의 말에 심장이 세게 뛰었다.

내 머리는 순식간에 「이 녀석, 그 사실을 어떻게 아는 거야. 아니, 그럴 리 없어. 이 녀석을 내 방으로 부른 적도 없는걸. 애초에, 사용 기록도 지우고 있으니까 감시 카메라라도 있지 않은 한…….」 하고 매우 빠른 속도로 정보를 처리하기 시작했다.

이런 순간 발휘되는 뇌내현상처리의 빠른 속도는 어디서 나오는 걸까.

적어도 내 머리는 전례 없는 빠른 속도로 우수한 변명거리를 꺼내기 시작했다.

내 목은 뇌의 지시를 받아서 바로 준비된 변명을 발사하려고 했다. 할 수 있어. 완벽해.

"뭐, 뭐어?! 무무, 무슨 말도 안 되는 소리를 하는 거야! 그, 그런 건 절대 보지도 않아! 야한 거엔 관심 없어! 태어난 이래 본 적도 없다고!"

하지만 준비된 변명은 거의 나오지도 못하고, 그 대신 가장 수상쩍은 변명이 입 밖으로 튀어나왔다.

내가 들어도 너무 거짓말 같아서 몸에서 기분 나쁜 땀이 줄줄 솟아나왔다. 아니나 다를까 "흐응~." 하고 돌아온 아야노의 반응에 땀이 더욱 빠르게 솟아나왔다.

그 순간, 아야노는 경멸에 찬 시선으로 나를 보고 덜컹 큰 소리를 내며 일어났다.

그리고 내 눈앞에 반쯤 일어선 자세로 고개를 쑥 내밀었다.

"거짓말. 다 듣고 있는걸!"

둘 사이의 거리가 가까워서 그런지, 그렇게 딱 잘라 말하는 아야노의 길고 검은 머리카락에서 샴푸 향기가 강하게 풍겼다.

내 우수한 머리도 그 향기에 급소를 찔렸는지 단숨에 사용 불가 상태에 몰렸다.

아니 아니 그건 둘째 치고, 듣고 있다니 그럴 리가 없다. 사용 기록도 남아 있지 않을 것이다. 그 부분에 관해서는 빈틈이 없다. 매우 자신 있게 말할 수 있다.

"누, 누구한테 들었다는 거야! 그보다 너, 너무 가까워!"

필사적으로 그렇게 외쳤지만 아야노와의 거리가 너무 가까워서 크게 말할 수도 없었고, 얼굴을 마주 볼 수도 없었다.

"누구한테라니……."

아야노는 그렇게 말하면서 씩 웃더니, 내 귓가에 얼굴을 천천히 가져다 댔다.

나는 점점 더 강렬해지는 샴푸 향기에 완전히 딱딱하게 굳어버렸다.

무리다. 이 녀석이 뭘 하고 싶은 건지 전혀 모르겠다. 나는 더 이상 뭘 어떻게 할 수가 없어서 두 눈을 꼭 감을 수밖에 없었다.

그런 긴장감을 날려버리는 것처럼 아야노는 내 귓가에서 이렇게 속삭였다.

"……저에 대해 잊어버리신 거예요? 주인님."

"……뭐야, 에네냐?"

눈을 뜨자 그곳에는 에네는커녕 아야노의 모습도 없었다.

조금 전까지 펼쳐져 있던 교실 풍경도 감쪽같이 자취를 감췄다.

그 대신 그곳에는 파이프가 드러나 둘러치고 있는 천장, 거기에 매달려 있는 알전구, 그리고 수건으로 머리의 물기를 털면서 나를 내려다보는 키도의 모습이 있었다.

"난 에네가 아니야. 키도지."

키도는 씻고 나왔는지 티셔츠 차림으로 샴푸 향기를 풍기면서 부루퉁한 표정을 지었다.

"……어, 어어. 미안."

"무슨 꿈을 꾸고 있었는지는 모르겠지만, 벌써 아침이야. 슬슬 일어나."

키도는 그렇게 말하고 머리의 물기를 탈탈 털면서 현관 쪽으로 걸어갔다.

멍하니 천장을 올려다보고 있으니, 현관 쪽에서 키도가 "어이, 아침이야. 일어나. 왜 이런 데서 자고 있는 거야." 하고 거칠게 말했다.

갑자기 현관 쪽으로 걸어갔을 때는 「젖은 머리에 티셔츠 차림으로 외출하다니 꽤 칠칠치 못한 녀석이구나.」라고 생각했지만, 과연 그런 건가.

아니나 다를까 "어, 아, 여기 어디?" 하는 코노하의 얼빠진 목소리가 들려왔다. 저 녀석도 소파에서 자고 있었을 텐데, 도대체 잠버릇이 얼마나 나쁜 거야?

이 녀석들과 알게 된 지 3일째 아침.

시계를 보니 시각은 오전 아홉 시가 되려는 참이었다.

평소 열네 시간 정도 자는 나지만, 남의 집이라 다시 잠드는 것도 거북했다.

일단 일어나려고 몸에 힘을 준 순간, 양 허벅지가 욱신거리면서 묵직하게 아팠다. 순간적으로 "아얏……." 하는 소리를 흘리면서 다시 소파 위로 쓰러졌다.

곧바로 "넌 무슨 이상한 소리를 내는 거야……." 하고 의아해하는 키도의 목소리가 날아왔지만, 정색하는 기색이 분명하게 느껴져서 못 들은 척하기로 했다.

그럴 만도 하다. 그제와 어제 그렇게나 돌아다녔으니, 당연히 이 가냘픈 다리에는 부담이 무척 컸다.

「그 정도로 이렇게 되다니…….」라고 생각하는 순간 자신이 한심해서 절망스러웠지만, 여기서 한탄해봤자 소용이 없다.

흔히 만화에 나오는 「자신의 잠재력 이상의 힘을 사용한 다음에 나타나는 수수께끼의 대가」라고 생각하는 것이다.

그래. 주인공에게만 허락된 폭주 설정. 정말 나는 주인공 기질을 타고난 남자다. 끝내준다.

그렇게 평소처럼 애니메이션과 만화로 쌓은 지식으로 머릿속을 가득 채웠지만, 돌아가기 시작한 머리는 조금 전까지 꾸고 있었던 꿈을 떠올리기 시작했다.

아야노.

지금까지 몇 번이나 그 녀석이 나오는 꿈을 꿨지만, 요 며칠 동안 무척 빈번하게 꾸게 되었다.

이 더위가 그렇게 만드는 것일까. 그렇지 않으면 누군가와 친밀해지는 것을 나 스스로 거부하는 걸까.

생각해보면 에네가 왔을 때도 그랬다.

그 녀석이 내 생활에 끼어들기 시작했을 때, 나는 매일같이 아야노의 꿈을 꿨다.

그러고 보니 한 번, 아야노의 꿈을 꾸고 있을 때 에네가 억지로 깨워서 싸운 적이 있었다.

그야말로 서로 장난치는 느낌이 아니라, 나도 진심으로 소리치며 화를 내고, 그 녀석도 평소와 달리 말을 거칠게 했지만……. 그때는 뭐라고 말다툼을 했더라.

별로 기억하지 못하는 이유는 한밤중에 몹시 졸린 상태에서 싸웠기 때문이겠지.

어쨌든 나는 아침에 일어나보니 엄청 미안해져서, 에네에게 손이 닳도록 빌었다.

에네가 무척 잘난 척하며 "동정을 괴롭혀봤자 허무할 뿐이니까 용서해드릴게요."라고 말했던 것은 선명하게 기억하고 있다.

그런 건 잊어버리면 좋을 텐데……. 스스로 생각해도 어이없을 정도로 무척 자학적인 머리다.

그런 생각을 하고 있을 때, 문득 부엌 쪽에서 물소리가 들렸다. 잇따라 냉장고를 여는 소리가 들려와서, 키도가 아침 식사를 준비하고 있다는 사실을 깨달았다.

"아— 왠지 미안하네. 나도 도울게."

나는 그렇게 말하며 다시 몸을 일으켰다. 조금 전에 쑤셨던 부위에 힘이 들어가지 않도록 조심조심 일어나니 통증이 느껴지지 않았다. 그런 걸 보면 근육통이 그렇게 심하지는 않은 모양이다.

"음? 신타로, 너 요리도 할 줄 아나?"

키도는 밥그릇을 달그락달그락 헹구면서 그렇게 물었다. "아— 물론이지."라고 대답하고 싶었지만, 요리를 제대로 해 본 적은 당연히 없었다.

모모의 요리는 독약처럼 맛이 없지만, 그나마 요리에 대한 의욕이 있는 만큼 나보다 더 낫겠지.

그렇게 생각할 정도로 나에게는 요리 스킬이 없었다.

"아— 그렇군. 그럼 앉아 있어."

키도는 그렇게 툭 내뱉더니 계속해서 묵묵히 그릇을 헹궜다.

자신이 필요 없다는 사실에 대한 안타까움이 가슴속에서 서서히 소용돌이치기 시작했다.

백수는 계속해서 「누군가가 나를 필요로 하고 있다.」라고 생각하지 않으면 죽어버리는 섬세한 생물인 것이다.

다행히 이곳에는 현관에서 다시 성대하게 잠들어 버린 남자가 있어서, 마음이 조금 편했다.

그뿐 아니라 다른 녀석들은 전혀 일어날 낌새가 보이지 않았다. 일부러 내가 나설 필요는 없겠지.

키도의 엄마 같은 기질도 한몫한 건지 호의를 너무 스스럼없이 받아들이게 돼서 미안하지만, 조금만 더 느긋하게 쉬도록 하자.

아침밥은 뭘까.

마음 같아서는 베이컨에그나 소시지 같은 평범한 아침 메뉴를 먹고 싶다.

근데 이것은 굉장한 일 아닐까?

여자애와 한지붕 아래에서 밤을 보내고 아침밥을 대접받는 거라고?

어이 어이 어이, 왔다. 봐, 드디어 왔다고.

…….

……아니, 그만두자. 그렇게 생각하고 싶기는 하지만, 역시 지금은 이런 말을 할 때가 아니지.

이 찝찝한 마음을 해소하지 못하면, 아무래도 아침밥이 넘어가지 않을 것 같았다.

여기에 있는 것은 나와 키도뿐이다.

직접 물어보려면 지금밖에 없다.

나는 일어나서 부엌으로 향했다.

키도는 부엌에 서서 어제와 같은 앞치마를 두르고 머리를 하나로 묶은 상태로, 마침 프라이팬을 불 위에 올려놓은 참이었다.

내가 "잠깐 괜찮을까." 하고 물어보자, 키도는 익숙한 손놀림으로 프라이팬에 달걀을 깨뜨려 넣으면서 "뭐야, 앉아 있으라고 했잖아." 하고 등을 돌린 채 대답했다.

그러고 싶긴 하지만 그럴 수는 없다.

나는 가능한 날카롭게 들리지 않도록 주의하면서 입을 열었다.

"어젯밤에 말이야. 카노가 돌아온 것 같았는데……. 너는 알고 있었어?"

"카노가? 아니, 나는 전혀 몰랐는데."

키도는 그렇게 대답하면서 달걀을 착착 뒤섞었다.

스크램블 에그인가. 나는 잠시 마음속으로 딴생각을 할 뻔했지만, 다시 정신을 차리고 이야기를 계속했다.

"저기, 그 녀석…… 음, 카노는 나를 싫어하나? 네게 뭔가 이야기한 적 없어?"

그래. 어제 한밤중에 카노와 있었던 일이 내내 찜찜했다.

밤중에 갑자기 나타났나 싶더니 모모의 모습으로 나를 속이려 하고, 마지막에는 아야노의 모습으로 둔갑하더니 어딘가로 사라져버렸다.

많이 지친 상태였기 때문에 아마 이상한 꿈을 꾼 거라고, 지금도 그렇게 생각하고 있다.

애초에 얘기한 적도 없으니 카노가 아야노를 알고 있을 리도 없고, 바닥에 웅크리고 있었던 내가 아침에 일어나 보니 소파에서 자고 있었던 것을 봐도 아무래도 현실감이 없었다.

다만 머리로는 그런 사실을 이해하고 있는데도, 기분 나

뺄 정도로 실감 나는 꿈이었다.

키도에게 이런 질문을 하는 것이 기분 좋지는 않았지만, 뭔가 하나라도 꿈이라고 단정지을 수 있는 확증이 필요했다.

키도는 내 질문에 젓가락질을 딱 멈추고 나를 돌아보았다.

"어제 그 녀석에게 무슨 소리를 들은 건가?"

키도는 그렇게 말하면서 손을 뒤로 돌려 가스레인지의 불을 끄고 젓가락을 든 채로 팔짱을 꼈다.

키도는 내 말투로 가볍게 들을 이야기가 아니라고 판단했는지 살짝 불안해 보이는 표정을 짓고 있었다.

"아, 아니—. 그런 게 아니라. 꿈이 너무 실감 나서. 그 녀석은 애초에 다른 사람의 마음을 읽거나 하지는 않지?"

"아— 카노는 그런 건 못해. 게다가 카노는 너를 무척 마음에 들어 하는 것 같았고, 너를 싫어하는 것 같지는 않은데……."

키도는 그렇게 말하고 시선을 내리깔며 쓸쓸해 보이는 표정을 지었다.

그 태도를 보건대 거짓말을 하는 것 같지는 않았다.

애초에 카노가 함께 사는 녀석도 모르는 능력을 지녔을 리도 없을 테고, 농담하며 사람 놀리기 좋아하는 녀석이 그런 일을 할 거라는 생각도 들지 않았다.

결국 최근 들어 빈번하게 꾸는 꿈 중 하나였겠지. 그렇게 생각하니 마음이 홀가분해 졌다.

"아, 그 녀석은 태도가 그러니까, 그…… 성가시고 마음에 들지 않을지도 모르지만, 근본은 좋은 녀석이야. 너무 미워하지 말아줘……."

키도는 그렇게 말하고 언뜻 보기에도 풀이 죽은 표정을 지으며 다시 시선을 떨궜다.

"으아아! 그런 게 아니라니까! 왠지 어젯밤은 지쳐서 그런가 나쁜 꿈을 꾼 것 같아서 말이야. 무엇보다 여동생까지 돌봐주고 있잖아. 싫어할 리가 없지."

내가 그렇게 말하자 키도는 표정이 밝아지면서 "그, 그런가. 그럼 다행이군."이라고 말하고 작게 웃었다.

앞치마 + 스크램블 에그 냄새 + 미소의 콤보에 그만 가슴이 죄어왔다. 별 볼 일 없는 동정이었다면 한 방에 날아가 버릴 만한 우먼파워다. 이 녀석, 얕볼 수 없겠어.

"……저, 음, 방해해서 미안해. 아무튼 아침밥 좀 부탁할게. 뒷정리는 내가 할 테니까."

"그래, 맡겨둬. 요리는 자신 있어."

키도는 그렇게 말하고 다시 요리하기 시작했다. 뒤돌아보며 씩 웃는 미소 + 포니테일 + 좋은 요리 실력 어필의 연속 공격으로 아무리 엘리트 동정인 나라도 휘청 흔들릴 뻔했지만 어떻게든 버텨냈다.

일단 소파로 돌아가서 아침밥을 기다리도록 할까.

그나저나 역시 이야기하고 볼 일이다. 혼자서 씨름하던 고민이 거의 해결되자 배도 꾸륵거리기 시작했다.

키도가 아침밥을 만들 때까지 딱히 할 일도 없으니 에네랑 같이 놀아줄까.

드물게도 그런 생각을 하면서 소파로 왔더니, 그곳에는 양의 두목처럼 보이는 하얗고 복슬복슬한 물체가 앉아 있었다.

그 물체는 한 손에는 내 핸드폰을 들고, 다른 한 손으로는 필사적으로 핸드폰을 톡톡 두들기고 있었다.

"……마리, 뭐 하는 거야?"

내가 그렇게 묻자 마리는 깜짝 놀라며 나를 돌아보았다.

연분홍색 눈동자와 대조적으로 하얀 피부. 프릴이 달린 푹신푹신한 잠옷을 입은 그 모습은 정말 인형 같았다.

잠에서 막 깨어난 상태라서 그런지 평소에도 복슬복슬한 머리가 한층 더 부스스했다.

친근하게 생각하는 건지 깔보는 건지, 마리는 이미 나에게 경계심을 완전히 푼 모양이다. 가능하면 친근한 쪽이면 좋겠다.

"신타로…… 왠지 그 파란 여자애가 나오지 않는데."

마리는 주눅 든 기색도 없이 그렇게 말하며 다시 손에 든 핸드폰을 두들기기 시작했다.

"에네가? 어디, 이리 줘봐."

나는 그렇게 말하고 마리에게 핸드폰을 받아서 전원 버튼을 몇 번이나 눌러봤지만, 역시 아무 반응이 없었다.

"……아, 그러고 보니 어제부터 충전을 안 했어."

생각해보니 이 핸드폰은 어제 하루 종일 에네와 함께 야단법석을 떨었던 것이다. 불쌍하게도 분명 에너지가 다 떨어졌겠지.

충전기 같은 센스 있는 물건은 가지고 있지 않지만, 어제 배터리가 그만큼 버틸 수 있었던 것은 이 집의 누군가가 그저께 충전해주었기 때문이겠지.

아마 모모가 누군가에게 부탁해서 충전기를 빌렸던 게 아닐까.

"주, 죽은 거야……?"

마리가 두려워하며 엄청난 질문을 했지만, 그 녀석은 배터리가 다 됐다고 해서 죽을 만한 녀석이 아니지.

"아니, 이 정도로는 죽지 않을 거야. 충전만 하면 부활하겠지."

"충전?"

"어? 그러니까 콘센트에 꽂아서 전기를 기계 안에 채워 넣지 않으면 움직이지 않게 되거든."

내가 그렇게 말하자, 마리는 "그 애는 이상한 걸 먹는구나~." 하고 감탄한 모습으로 눈을 빛냈다.

아니, 이 순진무구하고 순수한 생물은 뭐야. 안 돼. 이러

다간 위험한 것에 눈뜰 것 같아.

나는 부글부글 끓어오르는 사악하고 음란한 마음을 불굴의 정신력으로 가라앉히고, 그런 기색을 전혀 보이지 않으면서 마리에게 물어보았다.

"마리. 충전기가 어디 있는지 알아? 키도나 다른 멤버들은 항상 충전하고 있지?"

"으음~ 아, 그 끈처럼 생긴 걸 말하는 거야?"

마리는 잠시 생각하더니 퍼뜩 떠오른 듯이 그렇게 말했다. 뭐— 끈과 충전기는 상당히 다르지만 아마 마리가 이야기하는 게 맞겠지.

"아— 그래 맞아. 그것 좀 가져다주지 않을래?"

"응, 알았어!"

마리는 그렇게 말하며 일어나서 소파 뒤에 있는 찬장 쪽으로 타박타박 걸어갔다.

매우 낡은 책부터 수상쩍은 도자기, 옛날 장난감 등이 너저분하게 진열된 저 찬장은 도대체 누구의 취미로 만들어진 것일까.

내 안의 이미지로는 왠지 모르게 키도가 꾸몄을 것 같지만, 의외로 카노 쪽이 이런 것에 적극적일 지도 모른다.

마리는 그런 수상쩍은 찬장을 흔들흔들 위태롭게 흔들고 "끈~ 끈~."이라고 흥얼거리며 서랍을 마구 뒤졌다. 뭐지, 저 지켜주고 싶어지는 생물은.

사랑스럽고 순진하다. 정말 그런 표현이 딱 들어맞는 여자애였다.

꺄— 꺄— 야단법석을 떠는 중전차(重戰車) 같은 여동생과 비교하면, 마리는 이 얼마나 여자애다운가.

……아니, 안 돼. 너무 오랫동안 동정으로 지낸 나머지 여자애라면 무조건 다 좋다는 건가.

여자애와의 교류가 너무 없었던 탓에 사소한 일로도 동요하는 남자가 되어버렸다.

이것은 엘리트 동정으로서 몹시 좋지 않다.

현자의 마음을 되찾아야 해.

그나저나 마리는 충전기를 찾는 데 어지간히 애를 먹고 있는 모양이었다. 조금 전까지는 기운차게 끈 노래를 흥얼거리고 있었지만, 지금은 확 바뀌어서 작은 신음 소리를 흘리고 있었다.

"어이~ 안 보이면 무리해서 찾지 않아도 돼. 오히려 그 녀석이 부활하면 시끄럽기만 하고 이대로도 전혀……."

내가 그렇게 말을 걸자, 마리는 뒤돌아보며 뾰로통한 표정을 지었다.

"그런 말 하면 불쌍하잖아!"

나는 그 말을 듣고 한심하게도 어깨를 움찔 떨었다. 이런 작은 여자애에게도 떨다니, 내가 생각해도 어이가 없을 정도로 겁이 많다.

마리도 처음 만났을 때는 흠칫흠칫 떨었지만, 어제오늘로 꽤 강하게 자기주장을 내세우게 되었다.

마음을 조금 열어준 것일까. 그렇게 생각하니 솔직히 나쁜 기분은 아니다.

"혼자 있는 건 쓸쓸한걸. 분명 그 애도 그럴 거야."

마리는 볼을 부풀린 채로 다시 바스락바스락 찬장을 뒤지기 시작했다.

저런 모습을 보니 에네가 꽤 마음에 들었나 보다. 평소에는 확실히 마음에 안 드는 녀석이지만, 마리가 에네를 챙겨주는 일 역시 나쁜 기분은 아니었다.

애초에 에네를 봐도 크게 놀라지 않는다는 것 자체가 상당히 이상한 일이다.

보통 사람이라면 「이 애는 어떻게 움직이는 거야?」라든가 「개발자는 누구야?」라는 말을 꺼내겠지.

나도 갑자기 에네를 눈앞에서 보면 그렇게 말하겠지.

그러나 이 녀석들처럼 「자신이 훨씬 더 이상한 녀석들」에게는 그런 것은 일일이 언급할 만한 일도 아닌지, 처음부터 상당히 호의적이었다.

그렇게 생각하면 지금 이 상황이 퍽 다행스럽게 여겨진다.

"너, 잘됐구나."

나는 그렇게 작게 말하고, 전원이 꺼진 핸드폰을 손가락으로 쓰다듬었다.

어디서 왔는지도 모르는 녀석이지만, 어느샌가 에네에 대해 몹시 애착을 갖게 된 모양이다.

나는 어쩌면 나 홀로 있던 그 방에 이 녀석이 나타난 덕분에 꽤 구원받고 있었는지도 모른다.

이렇게 이곳의 녀석들과 만나서 허물없이 사귀게 된 것도 어떤 의미에서는 이 녀석 덕분이다.

"신타로, 찾았어! 충전기! 잠깐 기다려. 안쪽에……."

고개를 드니, 마리는 찬장 안쪽에 손을 깊숙이 넣어서 찾아낸 충전기를 잡아당기려 했다.

찬장이 흔들리자 진열되어 있던 컬렉션이 달그락달그락 소리를 냈다.

"어, 어이 마리 조심해. 천천히 해도 되니까."

"응. 괜찮아, 괜찮아……. 영차."

마리가 그렇게 말하며 손을 쑥 빼내자, 그 손에는 충전기 케이블이 쥐어져 있었다.

정말 별로 특별할 것 없는 끈이 나오면 어쩌나 싶었지만, 아무래도 마리가 말한 끈은 충전기가 맞는 모양이었다.

"오오! 그거야 그거. 고마워."

내가 그렇게 말하자, 마리는 "에헤헤." 하고 쑥스러운 표정을 지었다.

음. 귀여워.

마리가 그것을 손에 쥐고 타박타박 돌아오려는 순간, 마침 키도가 부엌에서 아침밥이 담긴 그릇을 들고 나타났다.

"밥 다 됐어~. 오— 마리, 일어났어? 알아서 일어나다니 대단한데."

"응! 아, 신타로에게도 칭찬받았어. 충전기를 찾아냈거든."

마리가 그렇게 말하며 기쁜 듯이 충전기를 들어 올리자, 소파에 가려져 보이지 않았던 코드 끝 부분에 뭔가 띠 모양의 물건이 얽혀 있었다.

처음에는 그것이 도대체 무엇인지 알 수 없었지만, 그것의 정체를 깨달은 순간 깜짝 놀랐다.

그와 동시에 키도는 "히익!" 하고 큰소리를 내며 내가 마리를 주목하는 사이에 쓱 사라져버렸다.

"어라, 여기 걸려 있는 건 뭐지?"

마리는 그렇게 말하며 충전기 끝에 얽혀 있던 띠를 손으로 잡고, 말똥말똥 쳐다보았다.

"너, 너 그거 뱀의 허물이잖아?! 왜 그런 게 있는 거야."

"어, 왜라니…… 왜일까? 카노가 어딘가에서 가져왔다거나……. 우, 우와아! 키도, 무슨 일이야? 우는 거야?"

마리는 그렇게 말하고 돌연 아무것도 없는 공간을 향해 이야기하기 시작했다. 그런가. 마리에게는 키도의 모습이 보이는 건가.

키도의 「눈을 가리는」 능력은 임의로 자신의 존재감을 극한까지 희미하게 만들 수 있는 편리한 능력이다.

하지만 사라지는 순간 대상의 시선이 자신에게서 벗어나 있어야 한다는 조건이 있는 모양이라, 키도에게서 눈을 떼지 않았던 마리는 변함없이 키도의 모습이 보이는 것 같았다.

"미, 미안해, 키도. 괜찮아……? 배 아파?"

마리는 태연하게 뱀의 허물을 손에 쥔 채 키도를 걱정했다.

여전히 키도의 모습을 인식할 수는 없었지만, 그 모습을 보고 대충 어떤 상황인지 쉽게 짐작이 갔다.

"마, 마리. 키도는 아마 그 허물이 싫은 게 아닐까?"

"이게? 음~ 키도, 그런 거야? ……그렇구나. 알았어. 그럼 넣어두고 올게."

마리는 그렇게 말하고 다시 타박타박 찬장으로 돌아가 약간 큼직한 세발자전거 모형 뒤에 뱀의 허물을 숨기듯이 넣었다.

아마도 키도가 그렇게 해달라고 부탁했겠지. 마리는 아무래도 이해하지 못하겠는지 "이상해." 하고 작게 중얼거렸다.

"어이 키도, 괜찮아?"

아무것도 없는 공간을 향해 그렇게 말을 걸었지만 대답은 없었다. 아마 눈물이 글썽해져서 떨고 있는 모습을 보이고 싶지 않은 것이겠지.

예상대로 뱀 허물을 정리하고 돌아온 마리가 "조금만 더 기다려달래."라고 나에게 전달해주었다.

어제 갔던 유령의 집에서도 그랬지만, 키도는 「왜 이 녀석이 단장일까.」 하는 의문이 들 정도로 겁이 많았다.

아니 나도 겁이 많기로는 어디 가서 지지 않지만, 키도는 아마 나보다 훨씬 강력한 겁쟁이겠지.

할 수 없이 우선 마리에게서 충전기를 받아 들고, 핸드폰 충전을 하면서 키도가 돌아오기를 기다렸다.

마리와 함께 앉아서 기다리니, 몇 분 정도 지난 뒤에 갑자기 아무것도 없던 공간에서 키도가 나타났다.

눈이 약간 붉은 것은 능력 때문은 아니겠지.

"기, 기다리게 했군. 자, 밥 먹을까?"

그렇게 말하면서 어색한 미소를 지어도 이미 여러 가지로 늦은 감이 있었지만, 일일이 지적하는 것도 불쌍해서 "그러자."라고만 대답했다.

그 뒤로 키도가 몇 번인가 접시를 나르자, 테이블에는 눈 깜짝할 사이에 다양한 아침 메뉴가 펼쳐졌다.

차려진 음식은 스크램블 에그, 연어 소금구이, 구운 김에 낫토 등 「이것이 바로 아침 식사다.」라고 말하는 듯한 풀코스의 아침 메뉴였다.

"거룩할 정도로 서민적이구나……."

“응? 우리는 항상 이렇게 먹는데—.”

키도는 사이드 테이블에 올려놓은 전기밥솥에서 밥을 푸면서 그렇게 대답했다.

그 멤버들이 이렇게 분위기 있는 아지트의 중심에서, 매일 이렇게나 서민적인 아침 식사를 한다는 건가.

무심코 상상하니, 그것은 꽤 이색적인 풍경처럼 보였다.

하다못해 양식이라면 모를까 하는 생각도 들었지만, 키도 특제 된장국 냄새가 그런 작은 의문을 날려버리듯이 식욕을 돋웠다.

한시라도 빨리 위장으로 넣고 싶은 충동에 사로잡히면서도, 문득 밥그릇이 네 개밖에 없다는 사실을 깨달았다.

정확히 현재 여기에 있는 네 명의 그릇뿐이다. 아직까지 거실로 나오지 않은 세토, 모모, 히비야의 그릇이 없다.

“어라. 저기, 다른 녀석들은 깨우지 않아도 괜찮은 건가? 아무리 그래도 제시간에 못 일어나서 아침밥을 먹지 못하는 건 가엾잖아…….”

“아— 모모랑 다른 녀석들 말이야? 그 녀석들이라면 벌써 외출한 모양이야.”

키도는 그렇게 말하며 밥그릇을 테이블 위에 놓고 반으로 접은 종이를 주머니에서 꺼내 “여기.”라고 말하면서 내게 건넸다.

도대체 뭐지 하고 생각하면서 그 종이를 펼쳐보니, 그곳에는 어딘가의 벽화에 새겨진 상형 문자 같은 것이 휘갈겨 적혀 있었다.

순간 「암호」인가 의심했지만, 맨 아래에 간신히 읽을 수 있는 「모모」라는 사인을 발견하고 여동생이 이 기분 나쁜 메시지를 적었다는 것을 깨달았다.

"이 녀석 글씨 진짜 더럽네……."

무심코 그런 말이 입 밖으로 새어 나왔다.

거기에 동의하듯 키도도 "그 정도면 정말 엄청 못 쓴다고 생각하지만…… 예술적이라고 해석하도록 하지."라고 덧붙였다.

모모가 쓴 메시지라는 것을 알고 나니, 그 뒤는 의외로 술술 읽혔다.

내용은 대략 「히비야와 함께 『히요리』라는 여자애를 찾으러 나갔다오겠습니다. 무슨 일이 있으면 연락할게요. 저녁 식사 전에는 돌아올 거예요.」라는 내용이었다.

"히요리라는 애는 히비야가 말했던 여자애를 말하는 건가. 그나저나 꽤 이른 시간부터 찾으러 나갔네……."

"녀석들은 어제 엄청 일찍 잤으니까. 게다가 히비야를 간병하던 세토도 나가버렸으니, 혼자 둘 수 없었겠지."

키도는 그렇게 말하고 벌떡 일어나서 저벅저벅 현관으로 향했다. 아마 아직까지 게으르게 잠만 자고 있는 그 녀석을 어떻게든 하려는 것이겠지.

"어이, 언제까지 자고 있을 거야. 일어나."

"으…… 음. 괜찮아……."

칭얼칭얼 늘어지는 대답을 들어보니, 코노하는 완벽하게 아침에 약한 타입인 모양이다.

어중간하게 깨는 녀석보다도, 일어나지 못하고 무의식적으로 대답만 하는 쪽이 훨씬 더 깨우기 어렵기 마련이다.

이건 좀 성가시겠는데 하고 현관 쪽을 바라보니, 예상과는 반대로 코노하는 키도의 "밥 먹어."라는 한마디에 벌떡 일어났다.

"좋은 아침."

"아— 좋은 아침. 자, 자리에 앉아. 밥 먹자."

키도와 코노하는 그렇게 말하고 자리로 돌아왔다. 키도는 마리와 나란히 앉고, 코노하는 내 옆에 앉았다.

"세토도 나간 거지?"

"그 녀석은 아르바이트가 있는 모양이야. 문자를 보냈더군."

"그렇다는 말은 이걸로 전원이 다 모인 거지?"

"아— 그렇게 되는군."

조금 전부터 계속해서 꾸륵꾸륵 울려대는 배를 억누르는 것도 이제 한계다. 젓가락을 쥐고 손을 모았다.

"잘 먹겠습니다!"

네 명이 동시에 그렇게 말하고 각자 먹고 싶은 음식을 입으로 가져가기 시작했다. 그중에서도 코노하는 막 잠에서 깨어났는데도 무시무시한 기세로 밥을 먹어치웠다.

생선, 달걀, 된장국이라는 간단한 메뉴뿐이었지만, 그럼에도 괜찮아 보이는 것은 키도의 요리 솜씨 덕분일까.

음식 간이 심심한 것도 키도답다.

"한 그릇 더 먹어도 될까?"

코노하는 그렇게 말하며 키도에게 밥그릇을 슥 내밀었다. 밥그릇 안에는 벌써 밥알이 한톨도 남아 있지 않았다.

아침을 먹기 시작한 지 불과 1분도 안 돼서 일어난 그 상황에, 나는 내 눈을 의심했다. 이 녀석은 소화 기관이 어떻게 돼 있는 거야.

"오, 물론이지. 실컷 먹어."

키도는 매우 기쁜 듯이 밥그릇을 받아 들고, 조금 전의 두 배 정도 되는 양을 수북이 담았다.

키도는 밥그릇을 코노하에게 건네주면서 「어때, 맛있어 보이지?」라고 말하는 듯한 표정으로 자신만만하게 웃었다.

평소에는 무표정이던 코노하도 밥이 수북이 담긴 밥그릇 앞에서는 황홀한 표정을 지었다. 잘만 편집하면 순정 만화에 나올 법한 장면이다.

뭐, 무척 부산스럽지만 이렇게 여럿이 모여서 아침밥을 먹는 것도 나쁘지 않다.

건강한 메뉴도 한몫 거들어서 그런지, 무척 기분 좋은 아침이었다.

그런 생각을 하며 된장국을 후루룩 먹는데, 문득 마리가 연어 껍질을 벗기려고 하는 것이 보였다.

확실히 보통 먹지 않는 부분이지만……. 아, 모모는 우적우적 먹던가. 그렇다면 보통 안 먹는 부분이 확실하다.

그나저나 엄청 주의를 기울여서 벗기고 있다.

너무 조심조심 주의를 기울이며 벗기고 있어서 도대체 뭘까 싶어 지켜보고 있으니, 마리는 껍질을 깔끔하게 다 벗겨내고는 만족스러운 표정을 지으며 젓가락으로 껍질을 들어 올렸다. 그리고 내 눈앞으로 내밀었다.

"신타로, 봐봐. 조금 전에 봤던 뱀의 허물 같아."

갑작스러운 마리의 발언에 옆에서 볼이 미어지도록 밥을 먹고 있던 키도가 "욱……." 하고 비통한 신음 소리를 흘렸다.

조금 전 그렇게나 심한 꼴을 당한 직후에 이러면 아무래도 타격이 크겠지. 하지만 마리에게 악의는 전혀 없어 보였다.

"어, 어이 마리. 식사 중에 그런 행동은 그다지……."

이럴 때는 뭐라고 말하면 좋을지 모르겠다. 내가 부드러운 말투로 일단 그만두라고 재촉하자, 키도는 "응응." 하고 고개를 크게 끄덕였다.

"으~ 잘 벗겼는데."

마리는 그렇게 말하고 연어 껍질을 접시 위에 돌려놓더니, 젓가락을 내려놓고 풀이 죽어 고개를 숙였다.

이 아이는 파충류를 본 것만으로도 실신해버릴 것 같은 분위기를 풍기지만, 아무래도 이런 부분에서는 둔한 모양이다.

마리가 다소 어린애 같긴 해도, 파충류는 여자애가 좋아할 만한 동물은…… 아니, 모모는 "카멜레온 길러도 돼?"라고 말했었지. 그렇다면 파충류는 평범한 아이가 좋아할 만한 동물은 아니다.

"마리는 여자애인데도 그런 걸 전혀 싫어하는 기색이 없네."

내가 그렇게 말하자, 키도는 낫토를 휘저으면서 "뭐, 그렇겠지." 하고 중얼거렸다.

"여하튼 마리는 여기 오기 전까지 산속에서 홀로 생활하고 있었으니까, 뱀을 보고 놀라면 산속에서 살 수가 없겠지."

키도는「딱히 이상한 일도 아니잖아.」라고 말하는 듯한 말투로 그렇게 말했지만, 나는 역시 딴죽을 날리게 되었다.

"마리가 홀로 산에서?! 아니 어째서. 도대체 부모님은……."

내가 그렇게 말한 순간, 마리는 어깨를 움찔 떨고 무릎 위로 주먹을 꽉 쥐었다.

물어보면 안 되는 이야기였을까. 경솔하게 말을 내뱉어 버렸다.

가슴속에 후회스러운 마음이 천천히 소용돌이치기 시작했다. 내가 사과하려고 입을 연 순간, 마리는 느릿하게 이야기하기 시작했다.

"아빠는 어렸을 때 돌아가셨고, 그 뒤로는 엄마와 둘이서 지냈어. 하지만 내가 엄마의 말을 어기고 밖으로 나갔을 때, 무서운 사람들이 나타나서 엄마를 어딘가로 끌고 간 것 같아."

"그, 그게 무슨 말이야……?"

"음, 아빠는 우리랑 눈동자 색이 달랐지만, 나랑 엄마는 태어났을 때부터 눈이 새빨갰거든. 엄마는 『우리는 그림책 속에 나오는 메두사란다.』라고 말했어. 『밖에 있는 사람은 자신들과 다른 우리를 무서워하니까.』라고. 그래서 엄마는 내게 절대 밖으로 나가면 안 된다고 말했는데, 나는……."

마리의 이야기에 방 안은 아주 고요해졌다. 그만큼 기세 좋게 식사를 하던 코노하도 손을 멈추고 마리의 이야기에 귀 기울였다.

홀로 지내게 된 데에는 그런 사정이 있었구나.

이야기를 들어보니, 마리의 가족은 아마 주위 사람들에게 박해 받았겠지.

정말 말 그대로 「메두사」라고 불렸을지도 모른다.

실제로 키도에게 들은 이야기대로 라면, 마리는 「눈이 마주친 사람의 움직임을 일시적으로 멈추는」 능력을 가지고 있다.

그것은 평범한 사람이라면 도저히 가질 수 없는 능력이고 그 사실을 사람들이 알고 있었다면, 그들이 두려워하는 것도 이해할 수 있었다.

"마리…… 너, 제대로 이야기해준 것은 처음이구나."

키도가 그렇게 말했다.

마리의 이야기를 듣고 놀란 것은 아무래도 나뿐만이 아니었던 모양이다.

"으, 응. 왠지 친구가 늘어서 안심했는지도 모르겠어. 지금은 똑바로 이야기해도 그렇게 무섭지 않은 것 같아."

마리는 그렇게 말하고 덧없이 웃었다.

그런가. 마리는 아직 이곳에 온 지 얼마 안 되었다고 듣기는 했지만, 지금 모습을 보면 이제껏 자신의 사정에 대해 별로 이야기하지 않았던 것이겠지.

"그렇군. 그나저나 네 어머니, 실종 신고는…… 하지 못했겠지. 제길……."

키도는 그렇게 말하고 그 분노를 얼굴에 드러냈다. 키도도 아마 나와 같은 생각을 하고 있겠지.

그래. 「붉은 눈」이라는 이야기를 들어보면, 마리의 어머니도 분명 어떤 능력자였던 것이다.

그리고 마리가 여기에 있고 밖에 나갔을 때 납치되었다는 것은, 마리의 어머니가 밖의 사람들로부터 마리를 지켰다는 얘기겠지. 다시 말해 마리의 어머니가 마리 「대신」 잡혔다고 생각하는 게 타당할 것이다.

단지 나쁜 이야기로 「살해당했다」면 이야기가 또 달라지겠지만, 「끌려갔다」는 걸 보면 사람들이 그저 방어를 목적으로 그런 행동을 한 것은 아니라는 것을 짐작할 수 있다.

기괴한 것은 때로 사람의 호기심을 자극한다.

이것은 억측일지도 모르지만, 요컨대 마리의 어머니는 그런 것으로 돈을 벌려고 하는 흑심을 가진 사람에게 끌려간 것은 아닐까.

그런 생각이 들자, 뱃속에서 혐오감이 울컥울컥 치밀어 올랐다.

적어도 마리의 가족은 자신들의 행복을 지키기 위해, 단 둘이서 살고 있었던 것이다.

그곳에 구원의 손길을 뻗기는커녕, 그들의 삶을 잡아 찢었다는 것을 용서할 수 없었다.

"어째서 그런 끔찍한 짓을 하는 거야……."

입에서 흘러나온 말은 지금 내 기분 그대로였다.

아무리 생각해봐도 이해가 되지 않았다. 마리는 이곳으로 올 때까지 누구에게 기대지도 못하고 오로지 혼자서 살아온 것이다.

조금 전 마리가 에네를 생각해 말했던 「혼자 있는 건 쓸쓸하다.」라는 말에는 얼마만큼의 무게가 담겨 있었던 것일까.

갈 곳 없는 마음이 가슴을 꽉 죄어 왔다.

「최소한 내가 할 수 있는 일이 뭔가 없을까.」 하고 머리를 굴려봤지만, 내 무력함에 그저 찌그러질 것만 같았다.

"어머니를 끌고 간 녀석들의 얼굴은 기억 안 나? 뭔가 작은 특징 하나라도 좋아."

"……잘 생각이 안 나. 엄청 오래전 이야기고, 그때 나도 얻어맞고 기절해서 얼굴도 잘 보지 못했어. 그 뒤에 정신이 들었을 때는 이미 엄마도 그 사람들도 보이질 않아서……."

마리는 난처해하면서 미안한 듯한 표정으로 그렇게 말했다. 얻어맞기까지 한 데다 어린 시절의 이야기라면 기억 못 하는 것도 무리는 아니겠지.

"그렇구나……. 하다못해 몇 년 전에 있었던 일이었는지도 기억이 안 나?"

"으음…… 그 뒤로 여름을 백 번 정도 보냈으니까 아마 백 년 정도 전에 있었던 일이었을 거야. 그 뒤로는 세는 것을 까먹어서, 더 오래전 일일지도 모르지만……."

마리는 어떻게든 떠올려 보려는 건지 끙끙거리면서 그렇게 대답했다.

그렇구나. 백 년 전의 일이라면 역시 떠올리는 것도 힘들겠지. 몇 년 전의 일이라면 몰라도…….

""백 년?!""

그 말은 키도와 내 입에서 동시에 튀어나왔다.

백 년?

아니, 일단 그런 일은 있을 리 없다.

눈앞에 있는 소녀가 「백 살입니다.」라고 말하면 백이면 백 「귀엽다—.」 하고 웃겠지.

마리는 나와 키도가 동시에 날린 딴죽에 "히익! 미안해요!" 하고 어깨를 움츠렸다.

"노, 농담이지? 아무리 그래도 백 년이나……. 너 그런 모습으로 백 살이라니……."

"사, 사실인걸! 숫자 세는 법은 제대로 배웠어! 아, 하지만 엄마한테 나이를 물어봤을 때 『나이 이야기는 하지 말렴.』 하고 야단맞았으니까, 내 나이도 알려주지 않아서 잘 모르지만……."

마리는 몹시 화가 난 모습으로 그렇게 말했지만, 아무리 그래도 간단하게 「알았어. 믿을게.」 하고 말할 수 있는 수준이 아니었다.

하지만 그렇다고 해서 간단히 부정할 수도 없는 이유는, 눈앞에 투명 인간이 있다는 이 기묘한 상황 때문일까.

당사자인 키도도 "아니, 어쩌면 그런 능력도……." 하고 고민하고 있었다.

백 년 이상 사는 능력. 마리의 능력은 「불로불사」인 걸까.

아니, 아무리 그래도 바보 같은 이야기다.

그런 능력이 과연 존재할까…….

문득, 어제 키도가 말했던 능력을 손에 넣었을 때의 이야기가 머리를 스쳐 지나갔다.

카노, 세토, 모모도 마찬가지로 「임사 체험」을 한 직후, 능력에 눈을 떴다는 이야기.

어제 히비야의 모습을 보면, 히비야 역시 똑같다고 봐도 되겠지.

단지 마리는 태어났을 때부터 능력을 지니고 있었다고 말했다. 확실히 다른 녀석들과 능력이 발생하게 된 방식이 다르다.

"저기, 마리. 태어났을 때부터 그 능력을 지니고 있었던 거야?"

"어? 응, 맞아. 엄마한테 어린 시절부터 계속 『사용하면 안 돼.』라고 들었지만."

역시 아무래도 불가사의한 이야기다.

어제 키도와 나눈 이야기로 능력이 어떻게 발생하는지에 대해서는 대강 짐작이 갔지만, 마리의 경우는 너무 특수해서 머리가 혼란스러웠다.

「그 세계」에는 가지 않고 처음부터 능력을 지니고 있었다는 것.

그리고 어머니도 능력자였다는 것.

또「백 년 넘게 살고 있는 메두사」라는 사실…….

터무니없고 판타스틱한 이야기였다. 이 세상에 그런 매우 이상한 일이 이렇게 많이 일어날까 하는 점이 의심스러웠다.

나는 아무래도 키도 일행에게 일어난 사건을 포함한 이 불가사의한 현상 모두가 백 년 이상에 걸쳐서 일어난「하나의 무언가」로 보였다.

만약 그렇다면, 마리의 이야기를 제대로 밝혀낸다면 커다란 답에 한 걸음 더 다가갈 수 있지 않을까.

하지만 마리의 어머니를 찾기 위해「이 아이의 백 년 전에 실종된 어머니를 찾고 있습니다.」라고 경찰에 신고해봤자 헛수고겠지.

마리의 기억에 의존하려 해도 애매한 부분이 많은 것 같다. 어떻게 하면 좋을지…….

"저기…… 생각 좀 해봤는데—."

각자 고민에 잠겼을 때, 돌연 코노하가 작게 손을 들었다.

"어, 어어. 뭔데?"

키도는 예상외의 인물이 꺼낸 말에 약간 놀란 것 같았다.

코노하는 변함없이 감정을 알 수 없는 표정으로 느릿하게 의견을 말하기 시작했다.

“그리 대단한 의견은 아닐지도 모르지만, 그 아이의 집에 가보면 안 될까?”

“뭐?”

나와 키도는 멍한 표정을 지었다.

“아, 그러니까 그 아이의 집에 가보는 건 안되나 싶어서. 아, 그 아이의 집이라는 건 여기가 아니라 전에 살던 곳, 그러니까…….”

““그거야!””

이야기를 어떻게 끝맺어야 할지 갈피를 잡지 못하고 당황하기 시작한 코노하의 말을 가로막듯이, 나와 키도는 다시 동시에 같은 말을 했다.

생각해보면 그랬다.

마리의 어머니가 자신들을 「메두사」라고 말했다면, 틀림없이 자신의 능력에 대해 어느 정도 인식하고 있었겠지.

마리의 집에서 뭔가에 대한 답을 찾지는 못하더라도, 최소한 능력에 대한 정보는 찾을 수 있을지도 모른다.

“가볼 가치는 있을 것 같군. 신타로, 어떻게 생각해?”

“어떻게 생각하고 자시고 그 방법밖에 없을 것 같은데. 어쩌면 이 일련의 현상에 대한 답을 찾을 수 있을지도 모르지.”

내가 그렇게 말하자, 코노하는 깜짝 놀라서 "그, 그 말은 히요리를 구할 수 있는 방법을 찾을 수 있을지도 모른다는 말이야?" 하고 숨을 거칠게 내쉬었다.

"장담할 수는 없지만…… 어쩌면 힌트 정도는 찾을 수 있을지도 모르지."

내가 그렇게 말하자, 코노하는 뚜렷하게 진지한 표정을 지었다.

그러고 보니 이 녀석은 어제 히비야에게 몹시 심한 말을 들었지.

히비야는 히요리란 아이를 구하지 못했다고 했지만 이 녀석은 얼굴에 드러나지 않을 뿐 책임감을 강하게 느끼고 있었던 걸지도 모른다.

"그럼 그곳으로 가볼까. 마리, 네가 살던 집에 잠시 실례해도 괜찮을까?"

키도는 일어서면서 그렇게 말했다.

마리는 "너희라면 전혀 상관없어." 하고 방긋 웃었다.

"좋아. 그렇게 결정됐으면 먹은 건 정리해야지. 키도만 일하는 것도 미안하니까 내가 할……."

그런 말을 하면서 일어나려고 했지만, 다리가 근육통에 시달리고 있다는 것을 완전히 까먹고 있었다.

나는 묵직하게 몰려오는 통증을 이 이상 악화시키지 않기 위해 엉거주춤한 자세로 움직임을 멈추었다.

키도는 그 사실을 눈치챘는지 짓궂게 히죽 웃으며 “그럼, 나는 준비하고 오지. 신타로, 믿고 맡길게.”라고 말한 뒤 자신의 방으로 들어갔다.

잠깐 기다려.

분위기에 휩쓸려 이렇게 되고 말았지만, 나는 중대한 사실을 놓치고 있었다.

그런 일말의 불안감은 바로 두려운 현실로 드러났다.

“저, 저기 마리. 네가 살던 집은 어떤 곳이라고 했지……?”

내가 주저주저 물어보자, 마리는 기쁜 듯이 “여기서 조금 멀리 떨어진 숲 속에 있어! 역에서 걸어가면 두 시간 정도?”라고 대답했다.

나는 그 말을 듣고 바닥에 무릎을 꿇으며 무너져 내렸다.

두 시간?!

아니 아니 아니, 그건 무리지. 그렇지 않아도 체력이 달리는데, 매일같이 얼마나 걷는 거야.

중지.

좋아 중지다.

지금 당장 키도에게 말해서…….

"오늘도 외출하는 거네! 신타로, 잘 부탁할게. 아, 저 아이도 같이 가는 거지. 기대돼!"

마리는 그렇게 말하며 만면에 미소를 지었다.

이 미소를 앞에 두고 이제 와서 중지라고 말할 수 있는 녀석이 과연 이 세상에 있을까.

"어, 그래. 기대된다……."

나는 경련이 일어날 것 같은 얼굴로 그렇게 말하고, 일단 소파에 주저앉았다.

마리의 말을 듣고 생각났지만, 그러고 보니 핸드폰을 충전하고 있었다.

소파 옆에 설치된 멀티탭에서 핸드폰을 빼내자, 이미 배터리는 거의 가득 차 있었다. 하지만 나는 핸드폰 전원을 켠 뒤 위화감을 느꼈다.

"……어?"

화면 속에 에네의 모습이 보이지 않았다.

시험 삼아 핸드폰을 흔들어보기도 하고 "어이!" 하고 말을 걸기도 했지만, 에네는 나타나지 않았다.

아마 모모의 핸드폰으로 놀러 갔나 보지.

예전에 컴퓨터를 바닥에 떨어뜨려도 사라지지 않았던 녀

석이니, 이 정도로 사라질 리가 없다.

나는 그렇게 생각하고 핸드폰을 주머니에 집어넣었다.

숨을 후우 내뱉고, 눈앞의 테이블을 둘러보았다.

우선 여기부터 정리해야지. 오늘의 주메뉴는 앞으로 있을 하이킹인가. 제법 앞날이 훤했지만 큰소리만 쳐봤자 시작되는 건 아무것도 없겠지.

그나저나 요 며칠간 일어나는 일들은, 마치 나를 제대로 된 사람으로 갱생시키기 위한 커리큘럼처럼 보였다.

아니, 어쩌면 정말 누군가가 뒤에서 조종하는 것은 아닐까.

누군가의 운명을 조종할 수 있는 능력을 지닌 녀석이 있어서…….

그런 생각을 하니 자꾸 히죽거리게 됐다.

참으로 이상한 상황이다.

실제로 겪지 못했다면 「그런 말도 안 되는 이야기가 어디 있겠냐.」 하고 비웃었겠지.

다만 지금 나는 이 상황의 원인을 밝혀내고 싶다고, 남몰래 열의를 불태우고 있었다.

누군가를 위해서.

하지만 이런 행동으로 내가 저지른 죄를 갚을 수는 없겠지.

그래도 지금 내가 할 수 있는 일이 있다면, 발을 디뎌봐야 하지 않을까.

나는 그런 생각을 하면서 그릇을 깔끔하게 비운 아침 식사의 뒷정리를 시작했다.

사신 레코드 Ⅱ

"그러니까 내가 들어갈 수 없다면, 그 남자를 불러달란 말일세."

벽돌로 지어진 낡은 정문 주변에는 구경거리가 생겼다고 생각했는지 사람들이 조금씩 모여들기 시작했다.

사람들이 모일 때 생겨나는 웅성거림과 천박한 분위기. 이런 분위기는 여전히 너무 싫었다.

정문 안쪽에 지어진 장엄한 저택 창문에서도, 고용인으로 보이는 사람 몇 명이 이쪽을 내려다보고 있는 것이 보였다.

"아니 아가씨, 그러니까 말이지. 갑자기 그런 말을 해도, '예, 알겠습니다.' 하고 들여보내 줄 수는 없다니까."

눈앞에 서 있는 겉모습만 반지르르한 궁상스러운 남자는, 명백하게 나를 깔보는 태도로 히죽히죽 비웃고 있었다.

"그럼 어떻게 하면 된단 말인가. 알겠나? 나는 그 녀석 때문에 심한 꼴을 당했네. 나에 대해서 잘 알고 있다기에 가만히 하라는 대로 했더니, 결국 뭔지 모를 녀석들에게 나를 넘겼지. 나는 그 녀석들 마음대로 실컷 휘둘린 끝에 총까지 맞았단 말이다."

이 녀석은 도대체 뭐지?

정말이지 이 미적지근한 태도는 짜증이 났다.

여기로 돌아오기 위해서 마차로 갔던 길을 몇 주나 걸려서 걸어왔는데, 어째서 이런 취급을 받아야 하는 건가.

"아하하! 아가씨…… 총을 맞았다면 더더욱 아가씨가 여기에 있을 리가 없잖아."

"뭐? 무슨 소릴 하는가. 나는 지금 여기에 있지 않나."

내가 그렇게 말하자, 궁상스러운 남자는 잠시 가만히 있더니 껄껄 웃기 시작했다. 주위에 몰려 있던 사람들 속에서도 그 남자의 웃음소리를 따라 쿡쿡 웃는 소리가 들렸다.

기어코 내 가슴속에서는 짜증의 불길이 더 활활 타오르기 시작했다.

이 생물은 어째서 이렇게 내 신경을 건드리는 녀석들밖에 없는 것이냐.

차라리 빨리 여길 떠날까도 생각했지만, 그러면 모든 것이 헛수고가 되어버린다.

하여간 아무래도 그 살찐 남자에게서 얼른「나에 대한 정보」를 물어봐야만 화가 가라앉을 것 같다.

"어이, 이런 짓을 계속할 셈이라면 나는 멋대로 들어가겠네. 넌 도대체 뭐 하는 녀석이냐. 나는 딱히 너와 이야기를 하고 싶은 게……."

결국 이 녀석을 피해 저택으로 들어갈까 생각하며 거칠게 숨을 쉬다가, 저택의 2층 창문에서 예의 그 남자가 엿보고 있다는 것을 깨달았다.

아무래도 내가 돌아왔다는 것에 무척 겁을 먹은 모양이다.

창문에서 엿보는 그 표정에는 두려운 기색이 역력했다.

내가 왔다는 사실을 알고 있음에도 불구하고 높은 곳에서 구경하는 남자의 모습에, 마침내 내 분노가 폭발했다.

"저 남자……!"

내가 힘차게 정문의 철책에 손을 대자, 궁상스러운 남자는 "그만둬! 적당히 하지 않으면 이대로 끝나지 않을 거야!" 하고 외쳤다.

"……너는 아직도 『이대로』 끝날 것이라고 생각하는 건가?"

내 분노는 이미 정점에 달했다.

눈앞의 궁상스러운 남자의 입에서 흘러나온 말은 이제 와서 내 분노를 막을 수 없었다.

그러나 아무래도 이 남자는 자신이 직접 나를 막을 생각은 털끝만큼도 없었던 모양이다.

이미 정문 앞 길을 꽉 메울 정도로 넘쳐나던 사람들 속에서, 철검을 든 남자 몇 명이 쓱 하고 나타났다.

"이렇게까지 하고 싶지는 않았지만, 아가씨가 너무 말을 안 들으니 어쩔 수 없지. 자, 이제 포기하고…… 히익……!"

그렇군, 그런 건가. 정말 완전히 썩어빠졌군.

순간, 남자를 노려본 내 두 눈이 끊임없이 두근거리며 열을 띠기 시작했다.

나와 눈이 마주친 그 녀석의 안구가 몇 초 정도 실룩거리더니, 얼마 가지 않아 움직임을 딱 멈췄다. 그 직후 몸도 조용히 동작을 그쳤다.

나는 계속해서 사람들 쪽으로 몸을 돌렸다.

자신들이 처한 상황을 전혀 이해하지 못했는지, 모두 하나같이 멍한 표정을 짓고 있었다.

"어이, 너. 그 남자에게 무슨 짓을 한 거냐."

한 남자가 그런 말을 하고 휴대한 칼에 손을 뻗으며 나에게 한 발 한 발 다가오기 시작했다.

『검』.

그것은 다른 존재를 죽이기 위해 사람이 만든 물건이다.

검을 휘두르면 살점이 튀고 뼈는 부서져 흩어진다.

그래. 나는 그곳에서 나온 이래, 말 그대로 그 사실을 고통스러울 정도로 깨달았다.

이미 이 세상은 이 녀석들의 거대한 집이 되었다는 사실

도, 이 녀석들이 얼마나 어리석은 생물인지도 대강 알게 되었다.

"대답하지 않으면, 반항하겠다는 의사로 간주하고 제거하겠다!"

아— 정말 질린다. 나는 어째서 아직까지 이 녀석들에게 「뭔가」를 기대하고 있는 걸까.

눈을 감고 시야를 어둡게 만들었다.

얼마 만에 이것을 사용하는 걸까.

아마 어딘가의 교회에서 「신」이라는 존재를 흉내 냈을 때가 마지막이었을 것이다. 그때도 결국 아무것도 얻지 못했지만.

아니, 그렇지만도 않은가.

항상 언제나 이 녀석들에게서 얻는 것은 『경멸』과 『실망』이었다.

그런데 이번에도 다시 쓸데없는 희망을 품고 말았다.

눈을 뜨자 검을 휘두르는 남자의 모습이 보였다.

내 생명을 빼앗으려는 것이겠지. 다들 그랬다.

"눈을 『사로잡는다』."

내가 그렇게 중얼거린 순간, 남자의 움직임이 딱 멈췄다.

그와 동시에 남자의 등 뒤에 모여 있던 사람들도 조용해졌다.

당연하다. 지금 여기에 있는 모든 사람들과 내가 눈을 『맞추고』 있으니까.

분위기는 완전히 뒤바뀌어서, 사람들의 얼굴빛은 두려움 일색이었다. 이렇게 될 줄은 몰랐겠지. 불쌍하고 어리석어서 구제할 방도가 없다.

『이 녀석은 도대체 뭐지…….』

검을 휘두른 남자의 생각이 문득 머릿속으로 흘러들어 왔다.

아— 이 『훔치는』 능력만은 아직까지 제어할 수가 없어서 성가시다.

여하튼 사람의 생각은 훔쳐보면 훔쳐볼수록 몹시 불쾌해진다.

예를 들어 모든 사람의 머릿속을 자유자재로 훔쳐보며 다닐 수 있다면 무척 좋겠지.

그야말로 그 녀석이 거짓말을 하는지 아닌지 간단하게 알 수 있으니까.

하지만 이 녀석들의 머릿속은 질척질척하고 하찮은 것들로 가득 차 있다.

따라서 「알고 싶은 것만 읽는다.」라는 것은 도저히 불가능하다.

광대하게 펼쳐진 음식물 쓰레기 속에서 작은 돌멩이를 찾아내는 것과 같다.

나는 움직이지 않게 된 남자에게 "너희들은 괴물이라고 부르지 않나?" 하고 말을 걸었지만, 대답은 돌아오지 않았다.

정적.

항상 상황이 정리되었을 때 찾아오는 것은 이 정적이다.

차갑고 차가운 그 시절과 닮은 정적. 나는 이 정적도 지금에 와서는 정말 싫다.

문득 저택을 바라보니, 창밖을 바라보던 살찐 남자의 모습은 사라져 있었다.

어딘가로 도망친 걸까.

쫓아가서 협박하면 뭔가 얘기할지도 모르지만, 이제 그럴 기분도 들지 않았다.

나는 언제까지 이런 짓을 계속해야만 하는 걸까.

빛따위 없다는 사실을 알면서도 끝이 없는 어둠 속을 묵묵히 나아가는 기분이 든다.

그래. 나는 이미 알고 있었다. 알고 있으면서도 나아갔던 것이다.

『이 세상에 나에 대해 아는 자는 존재하지 않는다.』

단지, 그렇게 생각할 때마다 늘 눈에서 눈물이 흘러나왔다.

머릿속이 「그런 건 싫다.」라는 이성적이지 않은 말로 가득 메워진다.

그러니 나아갈 수밖에 없었다.

그러지 않으면 생각에 짓눌려서 자신이 사라져버릴 것만 같은 기분이 들었다.

하지만 나는 사라지지 않는다.

이미 몇 번이나 죽음을 경험했지만, 나는 사라지지 않았다.

굳어져 움직이지 않게 된 눈앞의 남자는 이제 아무것도 생각하지 않았다.

조용히 그저 그곳에 있을 뿐이다.

차라리 이렇게 되어버리면 편해질지도 모른다.

아무 생각 없이, 그저 계속해서 살아 있을 뿐인 존재로.

정신이 들고 보니 두 눈에서 눈물이 뚝뚝 흘러 넘쳤다.

멈추지도 않고, 숨조차 제대로 쉴 수가 없었다.

"으…… 아아, 아……!"

혹시 나를 낳은 존재가 있다면, 빨리 나타나 줘.
그리고 이제 끝을 내줘.

나는 그렇게 기도하면서 해가 질 때까지 계속해서 눈물을 흘렸다.

*

여름 바람은 나무들을 흔들고, 작은 새가 지저귀는 소리는 신록 속에서 메아리쳤다.
어젯밤에 내린 비 때문에 길은 걸어가기 어려운 상태였다.
한 번 내딛으면 진창길에 다리가 빠지길 반복해서, 나는 좀처럼 나아가질 못했다.
무성한 나무들에 의해 강렬한 햇볕은 대부분 가려졌지만, 몸을 휘감는 열기가 이상할 정도로 체력을 빼앗아 갔다.
그래. 이렇게 몸을 손에 넣고 다양한 생물과 만나고서 깨닫게 된 것이지만, 나는 「신체 능력」이 압도적으로 떨어졌다.
조금 걷기만 해도 땀이 솟아나오고, 오르막길을 가려고

하면 몸의 마디마디가 비명을 질렀다.

실제로 지금도 몸에서 땀이 나오고, 다리도 부러질 것만 같았다.

그래도 어떻게든 여기까지 왔으니까. 그렇게 생각하며 발을 움직였지만, 너무나도 고통스러워서 조금 전부터 내 두 눈에서는 눈물이 흐르기 시작했다.

그래, 고통스러운 것은 고통스러운 것이다. 눈물도 아플 정도로 흐르고, 그것은 어쩔 수 없는 일이다.

"조금만 더 가면 될 텐데……."

조금 전부터 사용하고 있는 『눈을 사로잡는 능력』도 체력을 여기까지 소모하게 만든 원인 중 하나일지도 모른다.

하지만 이 능력이 길잡이인 이상, 이것을 풀 수는 없었다.

적어도 앞으로 나아가긴 하는지, 주위에서는 생물의 기척이 순식간에 희미해졌다.

『눈을 사로잡는 능력』은 편리하다.

이 능력을 사용하면 어떤 녀석이 어디에 주목하고 있는지를 뚜렷하게 인식할 수 있고, 강제적으로 나를 주목하게 만들 수 있었다.

요컨대 이 능력을 사용하면 반대로 「아무도 주목하고 있지 않은 장소」도 알 수 있는 것이다. 내가 생각했지만 참 영리한 사용법이다.

그래. 나는 마지막으로 사람에게 배신당했던 그날, 아무도 모르는 장소에서 홀로 조용히 살기로 마음먹었다.

처음에는 동굴 속으로 들어갈까 생각했지만, 솔직히 이제 어두운 곳은 싫다.

달리 좋은 장소는 없을까 하고 여러 가지로 검토해봤다. 하지만 애초에 조용한 곳은 어두운 경우가 많다는 사실을 깨닫고 몹시 분노했다.

그도 그럴 게 어두운 곳은 이제 질렸다. 그런 곳에 틀어박히는 것은 사양이다.

하지만 사람에게 유린당해버린 이 세상에서는, 밝은 곳에서 완벽하게 홀로 산다는 것이 불가능에 가깝다는 사실도 알고 있었다.

그렇게 해서 여러 가지로 고민한 끝에 내놓은 계획이 지금 이것이다.

『눈을 집중시키는 능력』을 사용해서 찾아낸, 이 세상에서 가장 사람에게 주목받지 않는 장소.

의외로 그곳은 이렇게 몹시 밝은 숲 속이었다.

솔직히 나도 올 때까지 반신반의했지만, 확실히 이곳에 가까워질 때마다 생물의 기척이 점점 사라져갔다.

마치 그곳에만 구멍이 뻥 뚫린 것처럼 아무도 의식하지 않는 이상한 장소였다.

아직 도착하지는 않았지만, 나는 그 사실이 명확해진 것만으로도 제법 만족스러워서 기뻤다.

무엇을 숨기겠는가. 특별히 바다를 건너기 위해 배를 타고, 도중에 물의를 일으켜서 배에서 내던져진 뒤에 울면서 여기까지 어찌어찌 헤엄쳐 온 것이다.

도중에 몇 번이나 물에 빠졌는지 모른다. 그만큼 고생하며 여기까지 왔는데 만약 이곳이 사람들로 가득했다면, 아무리 나라도 이 숲을 불태워 벌판으로 만들어버렸을 것이다.

계속 나아가니 길도 점점 사라지고 작은 새가 지저귀는 소리도 들리지 않게 됐을 즈음, 시야의 끝에 작게 트인 장소가 보였다.

도대체 어떤 곳일까.

다리가 자연스럽게 빨라졌다. 그대로 그곳으로 들어간 나는, 그 공간이 지니고 있던 분위기에 한숨을 쉬었다.

마치 이 세상 모두가 이곳을 잊어버린 것처럼 그저 계속 존재하고 있었을 뿐인 공간.

의식이 있는 생물은 이곳을 피하고, 누구 하나 이곳을 알려고도 하지 않았다.

"안성맞춤이군……!"

나는 오랜만에 가슴이 고동치는 것을 느꼈다. 예상했던 것보다도 훨씬 조용하고 밝으면서 안락했다.

넓이는 겨우 집 한 채 정도 들어갈까. 그 아늑한 분위기가 더욱 마음에 들었다.

낮게 우거진 풀을 헤치며 공간의 중심에 서보았다. 무기질적인 정적과는 다르게 기분 좋은 고요함이 귀에 퍼져갔다.

"정했어. 오늘부터 이곳이 내 거처다."

생각해보면 나는 이 몸을 갖게 된 이래 어디에 정착했던 적이 없었다.

뭐, 계속 이곳저곳을 정처 없이 방랑했으니 당연하다면 당연한건가.

하지만 그렇게 결정하고 나니 집이 갖고 싶었다. 여기에 계속 있기 위해서 사치스럽지는 않더라도 최소한 지붕 정도는 있었으면 좋겠다.

여하튼 비에 젖으면 몸이 차가워지면서 오한이 느껴진다. 나는 그런 상황에 정말 약했다.

"지붕인가. 집은…… 나 혼자서는 만들 수 없을 테고, 그렇다고 지붕만 있는 것도……."

마침 앉을 수 있을 만한 바위를 발견한 나는 그곳에 걸터앉아 어떻게 하면 좋을지 궁리하기 시작했다.

혼자 지낼 테니 그렇게 클 필요는 없지만, 비바람과 햇볕은 막을 수 있어야 했다.

가장 중요한 것은 역시 햇볕을 막는 것이다. 더위만은 아무리 발버둥 쳐도 당해낼 수 없다. 연전연패다.

그렇게 되면 역시 재료가 어느 정도 필요하겠지. 옮길 수 있을까? 아니, 무리다. 너무 힘들다. 하지만 더운 것도 추운 것도 싫다.

이런저런 생각을 하다가 문득 기온이 꽤 내려갔다는 사실을 깨달았다.

어느샌가 날이 완전히 저물어버린 모양이다.

아무래도 생각에 잠기면 시간 감각을 잊어버리게 된다.

옛날부터 이 버릇만은 어떻게도 고칠 수가 없었다.

퍼뜩 정신을 차리면 항상 며칠이 지나 있었다.

시간의 흐름을 자각하지 못한다는 것은 세상에 나 홀로 남겨진 듯한 기분이 들어서 그다지 좋아하지 않았다.

뭐, 아무리 그래도 예전처럼 생각에 잠겨 있다 정신을 차리면 세상이 거의 다른 색으로 뒤덮이는 일은 이제 없지만.

하지만 언제까지나 집 문제로 고민하고 있어도 결말이 나지 않는다.

가능하다면 피하고 싶지만, 결국 움직여야만 할 것 같다.

"할 수밖에 없나……."

"한다니 뭘 말인가?"

그야 당연히 집을 짓는 일이지.

뭐, 그렇게 훌륭하지는 못하더라도 어느 정도 느긋하게 지낼 수 있을 정도의…….

나는 거기까지 생각한 뒤 바위에서 기세 좋게 굴러떨어졌다.

허둥지둥 고개를 드니, 지금까지 내가 앉아 있었던 바위의 바로 옆에 하얀 머리 남자가 서 있었다. 나이는 사람으로 치면 열여섯 정도 먹었을까.

꾀죄죄한 모습이었지만, 일반인의 복장은 아니었다. 병사나 그런 건가.

그러나 그런 것은 어찌 되든 좋았다.

지금 나는 무엇보다도 애써 찾은 거처 후보에 다른 사람이 서슴없이 들어와서, 놀란 끝에 대차게 굴러떨어지는 못난 모습을 보였다는 사실에 대한 분노로 내장이 뒤틀릴 것 같았다.

"너…… 각오는 됐겠지."

나는 일어서서 손가락을 우득우득 꺾으며 무시무시한 태도로 남자를 위협했다.

당연히 꺾은 손가락을 사용할 생각은 전혀 없었다. 나는 물리적인 힘으로는 어린아이도 이길 수 없을 정도로 약했다.

"아, 내가 놀라게 했나? 미안하네. 이야— 뭔가 생각에 깊이 잠겼구나~ 라고 생각했더니 갑자기 혼잣말을 하기에 재미있어서 그만……."

태평한 남자의 태도에 주먹이 부르르 떨렸다. 물론 이 주먹을 사용할 예정도 없었지만.

"뭐가 재미있다는 거냐. 까불지 마라! 나는 지금 여기에 집을 지으려고 필사적이란 말이다! 어서 여기서 썩 나가!"

나는 그렇게 소리쳤지만, 남자는 그런 큰소리에도 여전히 부드러운 미소를 짓고 있었다.

"아 그런가. 집을 지을 생각이군. 내가 뭔가 도와줄 수 있는 건 없나? 나라도 괜찮다면 뭐든 돕겠네!"

이 녀석은 무슨 소리를 하는 거야.

나는 방금「여기서 썩 나가.」라고 말했을 텐데.

아니, 틀림없이 그렇게 말했다. 상당한 적의도 담겨 있었다.

그런데도 이 녀석은 왜 실실거리는 거지? 이해가 되지 않았다.

"바보 같은 소리 하지 말게. 어차피 뭔가 좋지 않은 일을 꾸미고 있겠지. 됐으니까 냉큼 사라져."

이제까지 이런 식으로 나를 돕겠다고 자청하는 녀석은 얼마든지 있었지만, 결국엔 모두 나를 이용하려고 했을 뿐이었다.

아마 이 녀석도 그런 패거리 중 하나겠지. 이런 녀석을 누가 신용하겠는가.

"어—?! 아니 아니, 그런 게 아닐세! 너를 가까이서 바라볼 수 있으면 기쁘겠지만, 그런 꺼림칙한 일을 꾸미다니. 그런 터무니없는……."

남자는 그렇게 말하더니 멋쩍은지 머리를 긁적였다.

이 녀석은 뭐지. 정말 머리가 이상한 게 아닐까.

아무래도 이 녀석의 말과 행동은 다른 꿍꿍이가 있다고 하기엔 너무나 볼품 없다. 그렇게 해서 내가 방심하도록 만들 속셈일까.

게다가 「나를 바라보고 싶다.」는 것은 도대체 어떤 의미지?

뭐, 그 말이 어떤 의미이든지, 어차피 이 녀석도 지금까지 만났던 사람들처럼 수상쩍은 이야기를 꺼낼 셈이겠지.

"신용할 수 없군. 나는 지금까지 계속 그런 식으로 속아왔네. 이제 와서 믿으라고 말하는 쪽이 이상하지."

"으……. 그럼 어떻게 하면 믿어줄 건가? 나는 네게 도움이 된다면 뭐든 할 생각이네. 답례도 필요 없네. 원한다면 지금 이 순간부터 뭐든 네가 말하는 대로 해도 좋을 정도

라네."

남자는 그렇게 말하더니 자신만만하게 흥 하고 콧김을 내뿜었다.

나는 「그런가. 그럼 지금 당장 사라져.」라고 대답해줄까 생각했지만, 이왕 이렇게 된 거 한 가지 좋은 생각이 떠올랐다.

뭐, 약간 짓궂은 생각이지만, 잘 풀리면 이 녀석도 이걸로 사라지겠지.

"……뭐든 하겠다고 했지?"

나는 작게 중얼거렸다.

"어?! 무, 물론이네! 믿어줄 마음이 들었나?"

나는 표정이 확 밝아지는 남자를 무시하며 적당한 곳까지 걸어가서 지면을 가리켰다.

"왜 그러나? 지면을 가리키고……."

"이곳에 집을 지어라."

내 말에 남자는 미소를 지은 채 순간 굳었다. 그리고 그 상태로 식은땀을 줄줄 흘리기 시작했다.

"못 들었나? 여기에 집을 지으라 했다."

듣지 못했을 리 없겠지만, 나는 그렇게 반복했다.

"하겠네!"

"그리고 다 지으면 바로 사라져. 그렇게 할 수 없다면 지금 당장……."

"하겠다 그러지 않았나!"

뭐, 당연히 그런 일을 혼자서 하겠다고 말할 리가 없겠지. 이 녀석이 사라지면 나는 나대로 느긋하게…….

"뭐?"

"듣지 못했나? 집을 지어 보겠네! 너를 위해서라면 그 정도는 아무것도 아니지!"

남자는 그렇게 말하고 생긋 웃었다.

표정은 웃고 있었지만 아직까지 땀을 줄줄 흘리고 있는 것을 보면, 상당히 무리하며 말하고 있는 것이겠지.

아무래도 이 녀석은 정말 머리가 이상한 모양이다.

혼자서 집을 짓는다고? 얼마나 많은 재료와 노동력이 필요한지 알긴 하나?

애초에 이 녀석은 집짓기에 대한 지식이 있는 건가? 있다 하더라도, 이 말과 행동은 정말 이해할 수가 없었다.

……아니, 어쩌면 남자는 말만 그렇게 하고 뭔가를 꾸미고 있는 게 아닐까.

내가 의심을 담아 물끄러미 쳐다보자, 남자는 갑자기 쑥스러운 듯이 볼을 붉게 물들이고 머리를 긁적였다.

이 녀석, 쑥스러우면 오른손으로 머리를 긁는구나. 또 쓸데없는 정보가 늘었다.

"……뭐 좋아. 어디 한번 할 수 있으면 해봐라. 나는 그동안 너를 감시하고 있을 테니까."

나는 빈정거리며 그렇게 말했다. 뭔가 이상한 짓을 하려고 해도, 내가 지켜보고 있으면 딴짓은 못하겠지.

어차피 도중에 항복하겠지만, 이 녀석이 꼬리를 말고 도망가는 모습을 보는 것도 하나의 재미일 것이다.

"지, 지켜봐 주는 건가……?"

남자는 그렇게 말하더니 몹시 기뻐 보이는 표정을 지었다.

솔직히 나는 이 녀석의 거듭되는 이유를 알 수 없는 말과 행동에 슬슬 불쾌해지고 있었다.

이해가 되지 않는다. 차라리 머릿속을 들여다볼까 생각했지만, 그렇지 않아도 기분 나쁜 이 녀석의 머릿속을 들여다보는 것은 망설여졌다.

"그럼, 내일부터 열심히 하겠네! ……저, 네 이름은 뭔가?"

"이름이라고? 그런 건 없네."

『이름』.

사람이 서로를 인식할 때 사용하는 기호 같은 것이다.

사람은 태어난 아이에게 의미를 담아 이름을 부여하고,

아이는 그것을 평생 자신의 이름이라 말한다.

하지만 그건 사람들 사이에서 사용하는 것으로, 나와는 아무 관계가 없었다.

"그렇군. 이름은 없는 건가……. 그럼 내 이름만 말하도록 하지. 나는 츠키히코. 잘 부탁하네!"

츠키히코인가.

정말 바보 같은 녀석이다. 이름을 대봤자 내게 사람은 모두 마찬가지로 「사람」일 뿐이다.

그 이상도 그 이하도 아니다. 내게 이름을 들려줘서 어쩌란 말인가.

그런 생각을 했지만, 아무래도 이 눈앞의 남자는 내게 뭔가를 바라는 것처럼 보이지는 않았다.

정말로 기분 나쁜 생물이다.

하지만 「기분 나쁘다.」, 「이해할 수 없다.」로 결론짓기에는 아무래도 아니꼬웠다.

괜찮겠지. 그 마음속에 어떤 생각을 품고 있는지, 파악해 주겠어.

"그럼 도망치지 마라, 『사람』."

내가 그렇게 말하자, 츠키히코는 그늘 한 점 없이 그 눈동자를 빛내면서 "물론이네!"라고 대답했다.

칠드런 레코드 Ⅳ

지옥이었다.

그것에 관해서는 여러 의견이 있겠지만, 나는 적어도 이 여정을 그렇게밖에 표현할 수 없었다.

"신타로, 언제까지 뻗어 있을 건가."

키도는 도중에 구입한 스포츠 음료를 마시면서 바로 아래에 쓰러져 있는 나를 보고 그렇게 내뱉었다.

"좀 봐줘…… 죽을 것 같아."

드러누운 풀의 융단에서 풍기는 상쾌한 여름 향기가 코 안을 가득 채웠다.

여기가 나무 그늘이라는 점도 한몫 거들어서 그런지, 왠지 모르게 운치가 느껴졌다.

"풀 냄새가 독하네……."

"토한 냄새가 나는 녀석이 할 만한 말은 아닌 것 같은데

말이지. 애초에 『열사병에 걸리지 않기 위해서다!』라고 말하면서 탄산음료만 꿀꺽꿀꺽 마시니까 그렇게 되는 거다.”

키도의 날카로운 지적에 조금 전 새롭게 생긴 마음의 상처가 욱신! 하고 반응했다.

그런 말을 들어도 탄산 마니아에게 탄산음료는 생명수다. 수분 공급이라고 하면 탄산에 의존하는 게 당연하잖아.

안타깝게도 조금 전에 이름도 없는 수풀에 몽땅 쏟아버렸지만.

“너, 너 그런 말 하지 마! 나는 섬세하다고!”

“음, 미안. 그나저나 예전에 와본 적이 있어서 방심했지만, 꽤 시간이 걸리는군.”

아지트의 제일 가까운 역에서 이곳까지 전철로 오는데 약 한 시간.

거기서 도보로 두 시간 반. 백수를 죽이는 터무니없이 가혹한 여정이었다.

그렇게 되면 한두 번 정도 토하는 건 당연하잖아.

나도 탄산음료도 잘못한 게 없다. 모든 것은 여름 때문이다.

아니, 여름 때문이라고 하기에도 좀 그렇지만…….

“저기, 키도. 빌려놓고서 이런 말 하긴 그렇지만, 좀 더 멀쩡한 옷은 없었던 거야?”

나는 입고 있는 등산복을 가리키며 그렇게 말했다.

"네가 『저지가 더러워지는 건 싫어.』라고 말했기 때문이잖아. 미안하게도 그 옷은 내가 아는 한 등산에 가장 적합한 옷이야."

키도는 그렇게 말하며 드러누운 내 오른쪽에 걸터앉았다.

아니, 그렇게 말했지만, 한여름에 중장비를 이렇게 많이 착용한다는 게 말이 돼?

하다못해 좀 더 가벼운 옷이었으면…….

그런 생각을 했지만, 변함없이 긴소매 파카를 껴입은 사람이 선택한 옷이라는 사실을 떠올리고 무슨 말을 해도 소용없다는 것을 깨달았다.

"……그렇다 치더라도 마리는 엄청난 곳에서 살았구나. 그보다 주변에 아무것도 없잖아. 밥은 어떻게 했던 거야?"

"나도 그렇게 생각해서 물어봤지만……. 아니, 그럴 리 없겠지."

키도는 그렇게 말하고 손으로 머리를 짚었다. 그 모습을 보면 터무니없는 대답이 돌아왔을 것이라고 쉽게 상상이 갔다.

"그렇다는 말은~ 혹시……."

"아— 아예 먹질 않았다는 것 같아. 마실 것은 섭취한 모양이지만. 아지트에 처음 왔을 때, 평범한 먹을거리에 엄청 놀라는구나 싶긴 했지만……."

마리는 점점 더 불가사의한 존재가 되어갔다. 이런 곳에서 밥도 먹지 않고 백 년 이상이나 혼자서 살아왔다는 것이다. 불가사의 그 자체다.

"나, 마리는 사실 신선이 아닐까 생각하는데—."

"아— 마침 나도 그렇게 생각하던 참이야. 뭐, 이 더위엔 어쩔 수가 없지."

나무가 우거진 숲의 중심부.

아니, 중심부인지 어떤지도 알 수 없을 정도로 복잡하고 구불구불 뻗어 있는 길 끝에 있었던 마리의 집 앞에서, 나와 키도는 그런 이야기를 주고받으며 멍하니 있었다.

"그래서 이제 어떻게 할 거야? 안으로 들어갈 수 없으면 어쩔 방도가 없는데."

"마리가 방을 정리할 테니 기다리라고 했으니까 어쩔 수 없잖아."

이 한없이 비현실적인 상황에서, 왜 그 부분만 엄청 「여자애 집에 놀러 온 느낌」이 드는 걸까.

보통이라면 가슴이 고동쳐도 좋을 상황일지도 모르겠지만, 솔직히 그런 기분이 들기에는 압도적으로 무드가 부족했다.

차라리 포기하고 낮잠이라도 자면서 기다릴까 생각하던 참에, 들여다보듯 내민 코노하의 얼굴이 시야에 비쳤다.

"뭐야."

“아, 저기…….”

코노하는 아지트를 나올 때 「혹시 뭔가 가져올 것이 있을 때를 대비」한다는 이유로 거대한 룩색(Rucksack)을 짊어지게 되었다. 하지만 오는 도중에 마리가 룩색 안에 마실 것을 비롯해 이것저것 가득 넣는 바람에, 코노하는 완전히 짐꾼이 되어버렸다.

아니, 확실히 어제 엄청난 움직임을 보여줬던 이 녀석에게 이 정도는 아무것도 아닐지도 모르지만, 양심이 약간 찔렸다.

“아니 그, 이거…….”

코노하는 룩색 안에서 음료수 한 병을 꺼내 나에게 내밀었다.

“조금 전에 상태가 좋지 않아 보였는데 좀 어떤가 해서.”

생각지도 못한 다정함에 순간 반응이 늦어졌지만, 그것이 코노하 나름대로의 호의라는 것을 깨닫고 나는 기쁘게 음료수를 받아 들었다.

“오, 고마워. 너도 부지런히 마셔둬.”

내가 그렇게 말하자, 키도는 나를 가리키며 “너무 마시면 이 녀석처럼 되니까 적당히 말이지.”라고 말했다.

“아아아아! 좀 봐줘! 이렇게 보여도 신경 쓰고 있다니까!”

“오— 그런가. 미안, 내가 잘못했군.”

키도는 미안해하는 기색 하나 없이 내 어깨를 툭툭 두드렸다.

정말이지 지독한 녀석이다. 백수는 섬세한 생물이라서 사소한 일에도 컨디션이 바로 무너진다. 조금만 더 다정하게 대해주면 좋을텐데.

그렇게 떠들고 있을 때, 마리의 집 현관문이 느닷없이 벌컥 열렸다.

"느, 늦어서 미안. 이제 들어와도 돼!"

마리는 얼굴을 불쑥 내밀고 펜던트처럼 목에 건 열쇠를 짤랑 울리며 그렇게 말한 뒤, 다시 집으로 들어갔다.

아무래도 정리가 끝난 모양이다. 그렇다는 것은 이제 드디어 본론으로 들어갈 수 있다는 말이겠지.

"좋아. 그럼 들어갈까."

내가 그렇게 말하며 일어나자, 키도도 일어서서 크게 한번 기지개를 켰다.

"뭔가 새로운 걸 찾을 수 있으면 좋겠는데."

우선 이번 목적은 눈의 능력에 대한 정보를 찾는 것과 마리의 혈통에 대한 수수께끼를 푸는 것이다. 게다가 「저쪽 세계」에 대한 정보를 조금이라도 손에 넣을 수 있다면 더할 나위 없겠지.

적어도 마리의 혈통에 대한 의문이 풀린다면, 새로운 가설이나 접근 방식도 떠오를 것이다.

"히요리가 있는 곳을 알 수 있을까."

집으로 들어가려고 문에 손을 댔을 때, 옆에 서 있던 코노하가 애처롭게 그런 말을 했다.

"음~. 그에 대해서는 정보가 너무 부족해서 뭐라 말 할 수 없지만……. 뭔가 힌트 정도는 나왔으면 좋겠네. 뭐, 열심히 찾아보자."

그렇게 말하며 등을 툭 치자, 코노하는 고개를 끄덕였다.

"실례하겠습니다~. 우와……."

그렇게 드디어 현관문을 열자, 그곳은 마치 실물 크기로 만든 인형의 집처럼 보이는 공간이었다.

책장이 방 안을 둘러싸고, 책장 안에는 고서가 빽빽하게 꽂혀 있었다.

"이건 또 분위기가 멋진 방이네."

내가 실내를 두리번두리번 둘러보면서 그렇게 말하자, 마리는 기쁜 건지 부끄러운 건지 바닥을 주뼛주뼛 바라보았다.

"이 집은 할아버지가 만들었대. 엄마가 말해줬어."

"할아버지 혼자서?! 아니, 그럴 리가 없나. 그치, 키도."

나는 그렇게 말하며 내 뒤에 들어온 키도를 바라봤다. 키도는 지금까지 본 적 없는 반짝반짝 빛나는 표정으로 방 안을 둘러보고 있었다.

"……너, 예전에 왔던 거 아니었어?"

"아니! 그때는 방에는 못 들어왔거든! 그나저나 정말 좋다

—. 이 방……. 부럽구나, 마리…….”

키도의 뜨거운 반응에, 마리도 쑥스러워하며 “에헤헤, 고마워.” 하고 대답했다.

마리는 창가에 놓인 의자에 털썩 앉아 “오랜만이네—.”라고 말하며 밖을 응시했다.

“신타로, 나는 솔직히 여기에서 살고 싶군.”

키도는 나를 돌아보며 시원스럽게 말했다.

“사, 사는 건 불편하지 않을까?”

내가 그렇게 말하자 키도는 “아니, 하지만…….”이라거나 “먹을 것은 어떻게든…….” 하고 중얼거리기 시작했다.

반면 코노하는 왠지 진지한 표정으로 책장을 살펴보고 있었다.

뭐야, 단장보다도 이 녀석이 더 착실하게 활동하고 있잖아.

그 모습을 바라보는데 코노하가 갑자기 한 권의 책으로 손을 뻗었다. 뭔가 발견한 것일까.

코노하는 바로 돌아보면서 “이, 이 책 봐도 될까?” 하고 마리에게 말을 걸었다.

“어? 응. 마음대로 봐도 좋아.”

“고마워!”

코노하는 그렇게 말하자마자 손에 든 책을 팔락팔락 넘기기 시작했다. 그 표정은 평소에 보던 모습과 완전히 다른, 진지 그 자체였다.

“어, 어이. 뭔가 찾은 거야?”

말을 걸었지만, 코노하는 엄청 집중하고 있는지 책을 넘기는 손을 멈추지 않고 오직 책 페이지만 주시하고 있었다.

무슨 내용인지 신경 쓰여 코노하의 옆으로 달려가 코노하가 펼친 페이지를 본 순간, 나는 이 녀석이 왜 이 정도로 진지해졌는지 이해할 수 있었다.

“너, 너, 이건…….”

“응, 깜짝 놀랐어.”

펼쳐진 페이지에는 거대한 드래곤 한 마리가 그려져 있었다. 그 옆에는 영어 필기체로 주석이 적혀 있었지만, 코노하가 눈여겨보고 있는 부분은 아무래도 그 드래곤 그림인 것 같았다.

“……굉장히 멋지네.”

나는 어깨가 축 처졌다. 이 녀석에게 뭔가를 기대한 내가 바보였다.

아니, 그렇게 빨리 뭔가를 쉽게 찾을 수 있을 리가 없지. 그걸 알면서도 텐션이 올라간 내가 몹시 바보 같았다.

내가 고개를 숙이고 있으니, 이번에는 키도가 내 어깨를 두드렸다.

“시, 신타로, 위험한 물건을 찾아냈어.”

「이번엔 또 뭔데.」라고 생각하며 뒤돌아보자, 키도가 스케

치북 같은 것을 들고 있었다.

게다가 그 표지에는 검고 굵은 글씨로 「비밀」이라고 적혀 있었다.

"어이 어이, 이건……."

"그래. 아무래도 저 녀석, 터무니없는 짓을 했던 모양이야……."

키도는 그렇게 말하더니, 표지를 천천히 넘기기 시작했다.

펼쳐진 페이지에는 상당히 전위적인 화풍으로, 마리인 듯한 소녀가 검을 들고 뛰어다니는 모습이 그려져 있었다.

어느 나라의 용자일까. 왕관을 쓰고 있는 모습을 보니, 왕족으로도 보였다.

그대로 페이지를 넘겼다.

그러자 이번에는 마리가 팔이 몹시 두꺼운 드래곤 같기도 하고 도마뱀 같기도 한 생물 위에 올라타고 있었다.

아마 드래곤과 닮은 생물에 검을 푹 찌르려고 하고 있는 것이겠지.

왜 마리의 팔은 검과 합체되어 있는 것일까. 뭔가의 저주라도 받은 건가. 전투 중인데도 만면에 미소를 짓고 있는 마리가 인상적이었다.

페이지를 넘겼다.

다음 페이지에서는 마리가 격렬하게 춤을 추고 있는 모습이 그려져 있었다.

조금 전 드래곤과 닮은 생물을 쓰러뜨린 기념으로 파티라도 한 걸까.

아니, 자세히 보니 조금 전에 나왔던 드래곤도 함께 춤추고 있는 모양이다. 검에 찔렸는데 화해를 하다니, 도대체 어떻게 교섭한 걸까.

키도는 조금 전부터 페이지를 넘길 때마다 웃음을 터뜨리더니, 벌써 숨 쉬는 것을 힘들어하고 있었다. 하지만 결론부터 말하면, 이 스케치북은 전혀 도움이 되지 않을 것 같았다.

"꺄아아아! 그건 보면 안 돼!"

마리는 밖을 내다보고 있다가 우리가 이것을 보고 있는 것을 본 순간, 새파랗게 질린 얼굴로 뛰어왔다.

"미안…… 마리…… 풋, 후훗……."

키도는 어지간히 이 모험담이 마음에 들었는지, 배를 잡고 금방이라도 쓰러질 것처럼 웃었다.

"이, 이건 그냥 낙서한 거란 말이야! 그러니까, 그…… 아아아! 부끄러워!"

마리는 두 손으로 얼굴을 덮으면서 절규했다. 기분 탓인지 좌우로 드리워진 머리카락이 부들부들 움직인 것처럼 보였다.

"자신이 주인공이라는 점이 뭔가 굉장하네."

내가 무심코 그렇게 말하자, 키도는 큰 소리로 웃음을 터뜨리며 쓰러졌다.

마리는 다시 "아아아아아아!" 하고 비명을 질렀다.

이처럼 멋지게 흑역사를 들키는 경우도 있구나.

마리도 무척 괴롭겠지만, 강하게 자라줬으면 한다.

그 후 키도는 일단 의자에 앉아 어떻게든 숨을 고르려고 했지만, 자꾸 다시 떠오르는지 계속해서 웃음을 터뜨렸다.

마리는 그때마다 "이제 싫어—." 하고 비통한 소리를 흘렸다.

"저기, 마리. 이런, 뭔가 일기 같은 것은 없을까?"

아무튼 진지하게 찾아야겠다는 생각에 마리에게 그렇게 말을 걸자, 마리는 나를 째릿 노려보았다.

"이제 이 이상 이상한 건 없단 말이야……!"

"으아아, 네 일기가 아니라! 예를 들면 네 어머니가 일기 같은 곳에 뭔가 중요한 것을 적지는 않으셨을까~ 싶어서 그런 거야."

내가 그렇게 말하자, 마리는 자신이 지레짐작했다는 것을 깨달았는지 더는 노려보지 않았다.

"음~ 아, 엄마가 일기를 썼던 것 같기도 해……."

"정말이야?! 그건 어디 있어?"

내가 그렇게 묻자, 마리는 "엄마가 분명 굉장히 소중하게 다뤘을 텐데, 어디에 있더라……." 하고 생각하기 시작했다.

"음, 책장 위였나……?"

"책장 위 말이지?! 코노하, 들었어?"

코노하는 내 말을 듣고 "으, 응!" 하고 대답한 뒤, 책장 위를 하나하나 들여다보았다.

하지만 일기는 좀처럼 보이지 않는 모양이다.

코노하는 마지막 책장 위를 들여다보면서 "없어~." 하고 말했다.

"책장 위가 아니라……."

"어이! 책장 위가 아닌 모양이야! 코노하!"

코노하는 내가 부르는 소리에 "아, 알았어!"라고 대답하며 살펴보는 것을 멈췄다.

"음…… 정원……."

"코노하! 정원이야!"

내가 그렇게 말하자, 코노하는 "알았어!"라고 말하며 현관으로 휙 하고 뛰어나갔다.

"……이 아니라—."

아니나 다를까 정원에는 없었던 모양이다. 코노하, 미안. 나중에 주스 사줄게.

마리는 아직까지도 끙끙거리고 있었지만, 솔직히 정말로 일기가 존재한다면 의심 가는 장소가 한 곳 있었다.

"마리, 너 그 펜던트는 집 열쇠지?"

"어? 응, 맞아. 원래는 엄마가 사용하던 것이었지만……."

마리가 펜던트를 들어 올리자, 열쇠가 찰랑하고 소리를

냈다.

그래, 소리가 난다는 것은 열쇠가 두 개 걸려 있다는 말이다.

집 열쇠보다도 뚜렷하게 작은 열쇠. 언뜻 보기에 입구는 하나뿐인 듯하니, 집의 여벌 열쇠도 아니겠지.

간단한 이야기다. 이 방에 열쇠 구멍이 달린 가구는 책장 사이에 놓인 작은 책상뿐이니까.

"다른 열쇠는 저쪽에 있는 책상 열쇠지? 저 책상에 일기가 들어 있다든가……."

아니, 역시 그럴 리 없나.

아무리 마리라도 이렇게 알기 쉬운 곳에 일기가 있다면, 이렇게 고민하지 않았을 것이다.

아마 저 책상에 일기는 들어 있지 않겠지.

하지만 그렇다면 도대체 어디에…….

"어?"

마리는 내 말을 듣고 손에 쥐고 있던 열쇠와 작은 책상을 몇 번이나 번갈아 바라본 뒤, 깜짝 놀란 표정을 지었다.

"전혀 생각 못했어……."

"음……."

아— 이 아이는 백 년 동안 대체 무엇을……. 그런 생각이 머릿속을 스쳐 지나갔지만, 그러고 보니 이 아이는 찔러 죽이려고 했던 드래곤과 함께 미친 듯이 춤을 추는 타입이었다.

내 감각으로는 좀처럼 쫓아갈 수 없는 부분도 있겠지.

반쯤 골탕 먹은 기분을 느끼며 문득 창밖을 바라보니, 굉장한 기세로 달려 나가는 하얀 사람 그림자가 한순간 시야에 들어왔다.

아— 저 녀석을 빨리 데려와야겠다고 생각한 것도 잠깐, 마리가 열쇠를 쥐고 작은 책상 쪽으로 타박타박 걸어갔다.

"……우선 저 녀석은 나중에 불러도 되려나."

코노하, 미안. 한도는 있겠지만, 다음에 밥을 사줄게.

멍하니 그런 생각을 하고 있으니, 키도가 간신히 숨을 가라앉혔다.

"……후우. 미안하군, 신타로. 이제 괜찮아졌어."

아— 이제 끝나 가는데요. 나는 그렇게 마음속으로 중얼거렸다.

키도는 푹 엎드려서 움찔움찔 발작하듯 웃고 있었지만, 이제 꽤 회복한 모양이었다.

조금 수척해진 느낌도 들지만.

"아니, 나도 말이지. 저 작은 책상이 아무래도 수상하다고 생각했어. 아니, 과연 신타로구나."

이 녀석은 무슨 소리를 하는 거야. 자지러지게 웃기만 하고 아무 도움도 되지 않았던 것 같은 건 내 기분 탓일까.

"……뭐, 그 일기에 뭔가 도움이 될 만한 내용이 적혀 있으면 좋겠는데."

적어도 마리의 사정에 대해서는 본인으로부터 이야기를 듣는 것보다도 건질 만한 것이 나오겠지.

그것이 눈의 능력…… 더 나아가서는 「저쪽 세계」로 연결되는 뭔가가 되어주지 않을까…….

적어도 나는 기대가 컸다.

뭔가 하나라도 좋다. 작은 정보라도 그것이 모든 것을 연결하는 열쇠가 되는 경우도 있다.

짤각하고 기분 좋은 소리가 방 안에 울렸다.

"신타로! 찾았어!"

마리는 그렇게 말하고 사전처럼 생긴 짙은 남색 물건을 양손으로 들어 올렸다.

일기치고는 꽤 두껍다는 인상을 받았다.

마리는 다시 타박타박 돌아와서 손에 든 일기를 "쿵." 하고 책상 위에 놓았다.

RPG 게임 같은 곳에서 나오는 마법서처럼 생긴 그것은, 가까이서 보니 굉장한 위압감을 뿜어내고 있었다.

언제부터 사용되었던 것일까.

마리의 이야기를 들어보면 적어도 몇백 년은 사용한 게 되지만, 과연 어떨까.

등 뒤에서 갑자기 문 여는 소리가 들려서 돌아보니, 코노하가 터덜터덜 이쪽으로 돌아왔다.

"미, 미안…… 찾지 못했어."

주위가 고요해졌다. 만약 양심의 가책을 받는 소리가 들린다면, 틀림없이 폭발음처럼 울려 퍼졌겠지.

"아, 아니 그게 말이지……."

내가 어물어물 더듬는 동안, 코노하는 책상 위에 놓인 일기로 시선을 떨궜다.

다시 주위에 긴장감이 돌았다.

"아, 찾았구나. 다행이다……."

하지만 코노하는 그렇게 말하고 안심한 듯한 표정을 지었다.

아— 이 녀석은 정말 좋은 녀석이구나…….

그런 생각을 하는 것과 동시에 깊이 반성하는 마음이 가슴속에서 피어났다. 꼭 밥 사주자.

"일단 찾기는 했지만, 저, 마리. 이것은 내가 불쑥 읽는 것보다도 네가 훑어보는 게 좋을 것 같은데……."

역시 가족의 사적인 내용을 다른 사람이 멋대로 보는 것은 기분 좋은 일이 아니겠지.

하지만 마리는 그런 내 질문에 "아니, 이걸로 모두가 겪고 있는 괴로움이 조금이라도 나아질지도 모른다면, 분명 괜찮을 거야."라고 대답했다.

모두가 겪고 있는 괴로움. 그건 그야말로 메카쿠시단의 모든 단원이 공통으로 겪고 있는 일이었다.

원인을 알게 된다고 해서 행복이 돌아오는 것은 아닐지도 모른다.

하지만 단지 아는 것만으로도 나아갈 길이 생긴다면, 메카쿠시단의 모두는 반드시「진실」을 알아야만 한다.

"알았어. 그럼, 읽어볼게."

두꺼운 일기장의 표지에는 딱히 문자가 적혀 있지 않았고, 다만 짙은 군청색이 펼쳐져 있을 뿐이었다.

함께 일기를 보기 위해 마리와 키도, 코노하가 내 주변으로 모였다.

나는 모두가 자리 잡을 때까지 기다렸다가 드디어 표지를 넘겼다.

※

우리가「평범함」의 혜택을 받는 사람이었다면, 분명 그 일기의 내용을 이해할 수 없었겠지.

한없이 깊고, 끝없이 슬펐다.

그곳에는 뭔가를 끊임없이 생각했던 생물의, 뜻밖의 「인생」이 담겨 있었다.

그 페이지를 넘겼던 감촉은, 지금도 잊을 수가 없다.

분명 그녀와 그 가족들에 대한 이야기도, 앞으로 계속 잊을 수 없겠지.

그때, 표지를 넘긴 나는 앞으로 어떤 일이 일어날지 아무것도 모른 채 그저 그곳에 적혀 있는 그 「이름」을 소리 내어 불러보았다.

『아자미』.

사신 레코드 Ⅲ

1,014일째.

비는 연일 약해질 기미도 없이 여전히 무성한 나무들의 잎을 계속해서 적시고 있었다.

계절이 변하고 기온은 조금씩 올라갔지만, 이렇게 악천후가 계속되니 기분이 좀처럼 나아지질 않았다.

눈앞에 끊임없이 쏟아지는 비의 물보라는, 물방울이 떨어질 때마다 풀냄새를 세게 튀기며 또 하나의 여름 향기를 콧속으로 밀려들게 했다.

"……도대체 저 녀석의 신경은 어떻게 돼있는 거지."

현재 끊임없이 쏟아지는 빗속에서 만들어지고 있는 내가 살 집은 볼품없긴 하지만 전체적인 윤곽을 드러내기 시작했다.

오늘도 나는 무작위로 쌓인 재료와 산처럼 쌓인 작업 도구 사이에서 한결같이 웃는 얼굴로 돌아다니는 한 남자의 모습을 질리지도 않고 뒤쫓고 있었다.

"비가 이렇게 많이 내리잖아. 이런 날에는 보통 쉴 텐데. 도대체 상처도 바로 낫지 않는 약한 사람 주제에 저 녀석은 뭘 믿고 저러는 거지?"

나는 내가 살 집이 지어질 예정인 곳에서 조금 떨어진 곳에 설치된 「비바람만 가릴 정도로 궁색한 판잣집(목욕탕 있음)」 안에서 그렇게 혼잣말을 했다.

판잣집에 달린 문을 활짝 열어두고, 책상다리를 하고 앉아 저 녀석을 바라보는 것이 어느새 내 일과가 되었다.

저 상태라면 완성까지 그렇게 오래 걸리지 않겠지.

처음에는 집짓기의 기초도 모르는 애송이였던 주제에, 지금은 한 사람 몫을 다하고 있으니 꽤 유쾌한 일이다.

뭐, 그 이유는 물론 내 뒷받침 덕분이지만.

당초 그렇게 호언장담했던 주제에 "너는 집짓기에 대해 잘 모르는가?" 하고 울며 매달리기에, 너무나도 불쌍해 보여서 그만 가르쳐주고 말았다.

내가 직접 가르쳤으니, 이 짧은 기간 안에 집이 형태를 갖추는 것도 당연하다.

그렇지만 이렇게 많은 재료를 몸소 베어내고, 옮기고, 조립했으니까, 저 녀석도 사람치고는 꽤 근성이 있는 편이다.
집 자체는 몹시 볼품없었지만, 너그러이 봐주도록 하자.

그나저나 이런 생활을 시작한 지 벌써 3년이 지났다는 말인가.
그야말로 지금까지 살아온 내 입장에서 보면 불면 날아갈 듯한 짧은 시간이지만, 저 녀석이 워낙 위태로워 보여서 3년이란 시간이 무척 길게 느껴졌다.
아니, 딱히 돌봐 줄 생각은 없었다.
꽤 쓸 만한 녀석이라는 것을 알게 된 이상, 집을 다 짓기도 전에 쓰러지면 아깝다고 생각했다. 그뿐이다.
이렇게나 우직하게 말한 것을 지킬 줄 아는 녀석이다. 이 집이 완성되면 처음에 약속했던 대로 내 앞에서 자취를 감추겠지.

그렇게 되면 그 집에서 나는 홀로 느긋하게 지낼 수 있다. 거 참, 3년 전의 나는 엄청난 명안을 떠올렸던 것이다.

팔짱을 끼고 고개를 끄덕이며 그때의 자신을 마구 칭찬하고 있으니, 천둥소리가 우르릉 울렸다.
정신을 차리니 빗발도 상당히 거세졌다.
이제 곧 해가 질 시간이다. 저 녀석도 슬슬 돌아오겠지.

그런 생각을 하는 동안, 아니나 다를까 츠키히코가 바로 돌아왔다.

예상대로 머리부터 발끝까지 흙투성이인 그 모습에, 나는 여느 때와 다름없이 몸서리 쳤다.

"이야— 오늘은 진도가 꽤 나갔다네. 이제 조금만 있으면 완성되려나. 어떤가? 상당히 예감이 좋은데……."

"더럽군. 씻고 와라."

내가 그렇게 말하며 목욕탕을 가리키자, 츠키히코는 "아하하, 그렇군. 미안하네."이라고 말한 뒤 허둥지둥 목욕탕으로 들어갔다.

판잣집이라고는 하지만, 여기도 그럭저럭 지낼 만한 곳이다.

츠키히코의 "우선 네가 나를 확실히 지켜볼 수 있는 장소부터 만들겠네."라는 제안에서 처음에는 지붕만 달린 것이 생기고, 정신이 들었을 때는 점점 증축돼서 지금의 형태가 되었다.

저 녀석이 어느샌가 자신이 지낼 공간까지 만들었을 때는 나도 마구 화를 냈지만, 「산기슭에서 여기로 다니는 것보다 훨씬 빨리 집을 지을 수 있다.」라는 이유를 들어 부득이하게 승낙한 결과, 저 녀석도 반쯤 여기에 들어와 사는 형태가 되었다.

약간 납득이 가지 않는 부분은 있지만, 뭐 별 피해도 없고 실제로 집을 짓는 작업도 빨라졌으니, 집이 완성될 때까지는 봐주도록 하자.

그래, 완성될 때까지만 참으면 된다.

완성만 되면, 나는 나만의 집을 손에 넣을 수 있다. 그때까지만 견딘다고 생각하자.

……그렇다 치더라도, 목욕물까지 데워놓은 것은 너무 응석을 받아준 걸까.

아니, 괜히 쓰러지기라도 하면 성가실 뿐이다. 그렇게 돼서 집이 완성되지 않기라도 하면 무척 귀찮아진다.

내 그런 생각은 목욕탕에서 "목욕물 데워놔 줘서 고맙네! 기쁘군!"이라는 한마디에 엉망진창으로 흐트러졌다.

1,032일째.

오랫동안 계속 내리던 비도 그치고, 드디어 여름의 기운이 느껴졌다.

나는 내리쬐는 햇볕을 피해 츠키히코가 가져온 나무통에 물을 채우고 발로 첨벙첨벙 물장구를 쳤다.

"어이~. 거기 조금 어긋났네~."

내가 그렇게 말을 걸자, 츠키히코가 손을 붕붕 흔들었다.

츠키히코는 오늘도 묵묵히 내가 살 집을 짓고 있었다. 오늘은 아무래도 지붕 위에서 작업하는 모양이다.

저 녀석은 몹시 더운 날씨 속에서 연일 돌아다니면서도 햇볕에 타지도 않아서, 하얀 피부가 검은색 지붕과 대조를 이루어 더욱 도드라져 보였다.

유전인지 뭔지, 저 젊은 나이에 머리카락까지 새하얗다니 이상한 녀석이다.

그건 그렇고, 조금 전에 지붕의 일부가 살짝 들렸다고 알려주었는데 저 녀석은 그것을 응원 소리라고 착각한 것일까.

웃는 얼굴로 손을 흔들 뿐, 전혀 고칠 기색이 없었다.

"어이~. 그게 아닐세! 발밑을 보란 말일세, 발밑!"

츠키히코는 겨우 내가 뭔가를 전하려 한다는 것을 눈치챘는지, 몸을 살짝 내밀며 "어? 뭐라고 했나?!" 하고 되물었다.

서서히 이 답답한 대화에 짜증이 나기 시작했다. 저 바보는 한 번에 알아듣지 못하는 건가.

"그러니까 발밑을…… 앗!"

내가 그렇게 외치려고 한 순간, 츠키히코가 지붕 위에서 균형을 잃었다.

그대로 지탱할 곳을 잃은 츠키히코의 몸은 지붕에서 떨어져 공중으로 내던져졌다.

너무나 갑작스러운 광경에 사고가 정지할 것 같았지만, 나는 어떻게든 머리를 굴렸다.

어떻게 하지. 이런 때 어떻게 하면 되지.

뭔가 능력을……. 아니, 무리다. 나는 이런 상황에 츠키히코를 도울 수 있을 만한 능력을 갖고 있지 않았다.

순식간에 온갖 생각이 다 들었다.

하지만 이 거리에서 츠키히코를 구할 수 있는 방법은 전혀 떠오르지 않았다.

츠키히코의 몸은 아무 저항 없이, 집 저편으로 모습을 감췄다.

마치 심장이 얼어붙은 것만 같았다.

저렇게 높은 곳에서 떨어졌다. 어떻게 떨어져도 분명 치명상을 입겠지.

나는 물이 담긴 나무통을 넘어뜨리면서 츠키히코가 떨어

진 곳으로 달려갔다.

하다못해 다리부터 떨어졌다면 좋겠지만…….

하지만 기억에 남아 있는 츠키히코의 마지막 모습은, 아무래도 다리부터 떨어질 만한 자세가 아니었다.

"츠키히코!"

집 모퉁이를 지나 바닥을 둘러보았다.

하지만 그곳에 츠키히코의 모습은 보이지 않았다.

어떻게 된 일인지 생각하기도 전에, 머리 위에서 멍청한 목소리가 들려왔다.

"우와— 위험했군. 어, 아자미. 왜 그러나."

올려다보니 한 손으로 지붕 가장자리에 매달려 있는 츠키히코의 모습이 보였다.

여전히 실실 웃고 있는 그 남자를 보고, 나는 안도하기보다도 먼저 분노가 솟아올랐다.

"이 바보 자식 까불지 말게! 너처럼 약한 생물이 왜 이리 조심성이 없는가!"

츠키히코는 내 성난 목소리를 듣고, 웃는 얼굴 그대로 새파랗게 질렸다.

"어?"

그 모습으로 보아, 내가 왜 화를 내고 있는지 이해하지 못하는 것이겠지.

어쨌든 나는 실컷 욕을 퍼부어 주려고 입을 열었지만, 여러 감정이 넘쳐흘러서 말이 생각처럼 잘 나오지 않았다.

결국 입 밖으로 나온 것은 "바보인가!" 하는 치졸하기 짝이 없는 말이었다.

나는 하여간 그렇게 내뱉은 뒤 츠키히코에게서 등을 돌렸다.

"나무통에 다시 물을 채워놓게. 그리고…… 오늘은 이제 지붕 위로 올라가지 말게."

츠키히코는 내 말에 당황하며 "아, 알았네!" 하고 대답했다.

불쾌하다.

몹시 불쾌하다.

무엇보다도 이 정도 일로 이렇게 간담이 서늘해진 자신에게 화가 났다.

게다가 돌아와 보니 나무통에 들어 있던 물도 없었다. 몹시 짜증이 났다.

오늘은 이제 하루 종일 저 녀석과 말을 섞지 말아야지. 그러면 저 녀석은 대개 풀이 죽는다.

그렇게 생각하니 기분이 좋아져서 화가 약간 가라앉는 기분이 들었다.

1,058일째.

"늦어……!"

시원한 저녁때.

기분 좋은 바람이 석양볕과 어우러지면서 적당한 온도를 만들어냈다.

"먹을 것이 떨어져 집에서 가져오겠다더니. 그 녀석, 도대체 어디까지 가지러 간 거야?"

그런 아름다운 정경과는 반대로 내 가슴속에는 소나기구름이 우르릉 소리를 내며 머물러있었다.

"먹을 것이 떨어져서 가지러 갔다 오겠네. 낮에는 돌아올 테니까."라고 말하며 이곳을 떠났지만, 벌써 해 질 녘이지 않은가.

츠키히코는 집에 다녀올 때면 항상 세 시간 뒤에 돌아오곤 했고, 비가 내린다든가, 눈길이었다든가, 그 나름대로 이유가 명확한 경우에만 늦게 돌아왔다. 애초에 늦게 오더라도 언제나 해가 저물기 전에는 돌아왔다.

이럭저럭하는 사이에, 황혼은 군청 빛으로 물들기 시작했다.

바람맞은 나를 비웃듯이 눈 깜짝할 사이에 해가 저물고, 결국 츠키히코는 밤이 되어도 돌아오지 않았다.

"그 녀석, 도대체 무슨 생각을 하는 거지. 어제는 그렇게나 자신만만하게 『앞으로 일주일 정도만 지나면 집이 완성될 걸세.』라고 말했잖은가."

나는 판잣집의 외벽에 기대앉아 무릎을 끌어안으며 투덜거렸다.

멀리서 벌레 소리가 희미하게 들려왔지만, 이곳은 여전히 생물의 기척이 느껴지지 않았다.

대조적으로 내 안에서 두근두근 울리는 고동만이 몹시 크게 들렸다.

정말 오늘 밤에는 돌아오지 않으려나.

아니, 생각해보면 그럴 만도 한가. 보통 밤에는 이런 숲길을 다니지 않으려고 하는 법이다.

예를 들면 해 질 녘에 집을 나서려다가, 오는 길에 날이 저물면 위험하다고 판단해서 다음 날 아침에 출발하기로 했다. 이렇게 생각하는 편이 자연스럽다.

그렇지 않으면 날씨가 너무 좋은 나머지, 오는 도중에 어딘가에서 선잠이 들었을지도…….

아니, 그건 좀 위험하군.

집에 도착하자마자, 따스한 기운에 정신없이 잠들어 버린 것은 아닐까.

나는 어둠 속에서 그렇게 츠키히코가 돌아오지 않는 이유를 제멋대로 줄줄 늘어놓았다.

"뭐, 내일 아침에는 돌아오겠지."

…….

"아니, 조금만 더 기다리면 어슬렁어슬렁 나타날지도 모르지."

……아니, 그건 내 희망 사항일 뿐이다.

단지 그랬으면 좋겠다는 내 망상에 지나지 않는다.

이미 내 머리는 가장 알맞은 이유를 알고 있었다.

나는 왜 그 이유를 애써 모른 척하며 속이 빤히 들여다보이는 내 희망 사항을 늘어놓고 있는 것일까.

그 사실을 깨닫자, 드디어 현실적인 생각이 머릿속에 퍼지기 시작했다.

"도망친 건가."

생각해보면 그것이 가장 자연스럽다.

애초에 대가도 없이 3년 동안 여기서 묵묵히 집을 짓는 쪽이 훨씬 「이상」하니까.

솔직히 나는 그 녀석이 무슨 생각으로 여기 계속 머물렀는지 잘 모르겠다.

과연 「나를 속이려는 거겠지.」라는 생각은 이제 들지 않았지만, 그래도 그 녀석의 행동은 이해하기 어려웠다.

……그러고 보니 그 녀석이 처음에 뭐라 말했었지. 뭐라고 했더라.

나는 그때 그 말을 듣고 기분이 무척 나빴다. 당시에는 마음에 두지 않았지만, 분명…….

『너를 가까이서 볼 수 있다면 기쁘겠군.』

그 말을 떠올린 순간, 뭔가가 심장을 움켜쥔 듯한 기분이 들었다.

얼굴에 열이 오르고, 숨을 쉬기가 어려웠다.

그 녀석은 그렇게 낯부끄러운 소리를 했던 것이다……!

바보 아닌가?!

아니, 그보다 그 녀석…….

"……나를 좋아하는 건가?"

떠오른 생각을 입 밖으로 꺼내보니, 머리가 정말 어떻게 될 것만 같았다.

아니 아니, 그럴 리가 없다. 그 녀석은 사람이다. 애초에 나와는 종이 다르다.

하지만 그 녀석은 남자고 나는…… 뭐, 여자로 봐도 되겠지.

남자가 「여자를 바라보고 싶다.」라고 생각한다는 것은 결국 그런 게 아닐까.

머리로는 괴로워하면서 갈등하고, 입에서는 "으아아……." 하고 얼빠진 소리가 나왔다.

그리고 또 뭐라고 하지 않았던가?

떠올려라. 뭔가 말했을 것이다. 뭐라고 말했을 게 틀림없다.

뭐였지. 분명 좀 더 터무니없는 말을 했던 것 같은데…….

『지금 이 순간부터, 전부 네가 말하는 대로 해도 좋을 정도라네.』

나는 견디지 못하고 벌떡 일어났다. 그렇게 하지 않으면 심장이 터질 것만 같았다.

숨이 차오르고, 머리가 어질어질했다.

나야말로 바보가 아닌가.

그 녀석은 여기 계속 머무르는 이유를 처음부터 그렇게나 분명히 말했는데.

엄청난 것을 깨닫고 말았다.

그 녀석은 나를 좋아하는 것이다.

“그, 그렇다는 말은 지금까지 했던 행동은 전부…….”

그 사실을 깨달은 순간, 그 녀석이 3년 동안 여기 계속 머물렀던 진의를 이해할 수 있었다.

“그때 그것도 그런 의미였나……? 아니, 그렇다는 것은 그때도?! 아아아…… 그 녀석은 바보인가!”

아니, 아무리 생각해도 바보는 나였다.

이유가 너무나 단순해서, 오히려 모든 상황을 설명할 수 있었다.

지금은 그 녀석의 얼굴을 잠깐 떠올린 것만으로도 얼굴에서 불을 내뿜을 정도였다.

일단 얼추 회상하고 괴로워한 다음에야 비로소, 나는 겨우 진정할 수 있었다.

숨을 고르기 위해 반복해서 크게 심호흡을 했다.

차가워진 밤공기를 들이쉬니, 달아올랐던 몸속이 진정되는 것 같았다.

“……빨리 돌아와, 바보 자식.”

어느샌가 나는 혼자 있는 것이 괴로워졌나 보다.

그 바보가 돌아오면 불평 한마디라도 해줘야지.

그 녀석은 그래도 기뻐할 것이다. 이상한 녀석이니까.

1,059일째.

나는 오랜만에 흐느껴 울고 있었다.

엄밀히 말하자면, 아침이 되어도 츠키히코가 돌아오지 않아서, 그즈음부터 조금씩 울먹였지만.

"자, 이제 울지 말게. 나는 정말 괜찮으니까, 응?"

츠키히코는 그렇게 말하고, 무릎을 끌어안고 흐느껴 우는 나를 달래려 했다. 하지만 그래도 눈물은 멈추지 않았다.

아니, 설마 상처투성이가 돼서 돌아오리라고는 아무도 생각하지 못했을 것이다.

기다리던 녀석이 갑자기 상처투성이가 돼서 나타났다. 놀라서 우는 것이 당연하다.

"이야— 정말 늦어서 미안하네. 조금 성가신 일이 생겨서—."

츠키히코는 그렇게 말하고 슬며시 웃으며 머리를 긁적였다.

이 녀석은 상처투성이가 돼서 뭐가 좋다고 웃는 건지. 바보가 아닌가.

"……어쩌다 그렇게 상처투성이가 됐는가."

간신히 눈물을 참으며 그렇게 물어보자, 츠키히코는 노골적으로 뜨끔해하는 표정을 지었다.

츠키히코는 바로 허겁지겁 미소를 지으려고 했지만, 이미 속이 빤히 들여다보였다.

"왜 그러는가. 내게는 말 못 할 이야기인가?"

"아— 아니! 그런 게 아닐세. 단지……."

나는 츠키히코의 애매한 태도에 코를 훌쩍이며 "괜찮으니어서 말하게." 하고 못박았다.

츠키히코는 흠칫하며 얼굴이 새파랗게 질렸지만, 각오를 굳혔는지 작게 한숨을 쉬고 말하기 시작했다.

"음, 처음 우리가 만났을 때를 기억하는가? 그, 네가 생각에 깊이 잠겼을 때 내가 말을 걸어서…… 어라, 왜 그러는가?"

나는 얼굴이 뜨겁게 달아올라 그만 무릎에 얼굴을 묻었다.

어제 막 떠올렸던 것이다. 기억 못 할 리가 없다.

나는 무릎에 얼굴을 묻은 채로 "계속하게." 하고 츠키히코를 재촉했다.

"으, 응. 그러니까 말이지. 나는 그때 마침 전쟁터에서 집으로 돌아가는 도중이었다네. 『너는 쓸모가 없다.』라는 말을 들어서 말이지."

그러고 보니 이 녀석은 처음 만났을 때 그런 복장을 하고 있었지.

하지만 쓸모가 없다니, 꽤 심한 말을 하는 녀석도 있구나. ……뭐, 나도 예전에 이 녀석에게 같은 말을 해버렸지만.

"그랬을 때 비틀비틀 걷는 너를 발견했지. 아름답다고 생각했네. 그래서 따라오고 말았지."

"그, 그런 말은 일일이 하지 않아도 되네."

간신히 감정을 억누르며 그렇게 말했지만, 솔직히 부끄러워서 죽을 것만 같았다.

지금까지는 아무렇지도 않았는데, 정말 엄청난 감정을 깨닫게 되었다.

"아하하, 미안. 하지만 말일세, 네가 「집을 지어라.」라고 말했을 때 솔직히 터무니없는 말을 하는구나 생각했지만, 순수하게 기뻤다네. 나 같은 사람도 이렇게 아름다운 사람에게 도움이 될 수 있구나 싶어서 말이지."

"으, 고, 고맙네."

"어—?! 오늘따라 반응이 왠지 이상하군."

정말 이 남자는 어디까지 순수한 건지.

그런 건 그저 심술인 게 당연하잖아.

하지만 지금은 이 녀석의 그런 부분도 몹시 사랑스럽게 느껴졌다.

……나는 아름다운가.

……그런가.

……무척 기분이 좋다.

"그래서 말이지. 우리 집은 부모님도 일찍 돌아가셨고, 그럭저럭 넓은 땅을 가지고 있어서 돈은 부족하지 않았지만,

어제는 오랜만에 마을 사람을 만나는 바람에……."

츠키히코는 그렇게 말하며 살짝 머뭇거렸다.

"만난 게 뭐 어떻단 말인가? 너도 그 마을 사람이지 않나."

"그렇긴 하지만……. 보게, 나는 다른 사람보다 생김새가 좀 특이하니까, 사람들과 좀처럼 어울리질 못하거든."

츠키히코가 곤란한 듯이 그렇게 말한 순간, 나는 모든 사정을 이해했다. 그와 동시에 머릿속에서 뚜렷한 적의가 피어났다.

"……그뿐인가?"

"어?"

"그런 이유만으로 그 녀석들은 너를 그렇게 만든 것인가?"

츠키히코의 얼굴에는 커다랗게 멍이 들었다. 입고 있는 옷도 흙투성이다.

이게 다 그 마을 녀석들이 한 짓이란 말인가.

나는 그동안 사람들 사이에 일어나는 다툼에는 털끝만큼도 관심이 없었다. 하지만 츠키히코가 얽혔다는 것만으로 그 다툼이라는 것이 무척이나 불쾌하게 느껴졌다.

츠키히코에게 이런 짓을 한 녀석들을, 똑같이…… 아니, 그 이상으로 만들어주지 않으면 아무래도 속이 풀리지 않을 것 같았다.

그렇게 생각하며 일어서자, 츠키히코가 내 의도를 알아차렸는지 팔을 뻗어 나를 가로막으며 "그럼 안 되네."라고 중얼거렸다.

"안 될 일이 뭐가 있나. 네가 그런 꼴을 당했는데. 그 마을 사람은 너와 같을 꼴을 당하더라도 불평할 수 없겠지."

"아니, 괜찮네. 어쨌든 나는 오늘 다시 이곳으로 올 수 있었으니까."

츠키히코는 여전히 미소 짓고 있었다.

나는 츠키히코 대신 그 녀석들을 혼내 주려고 생각했지만, 츠키히코 본인이 그걸 막으니 어쩐지 내가 잘못 생각한 것 같아서 가슴이 아팠다.

"……어째서지. 너는 분하지도 않은가."

"응? 아니, 물론 그들이 잘했다고는 생각하지 않네. 그렇기 때문에 네가 그들과 똑같은 짓을 하지 않았으면 좋겠네."

나는 그 말을 듣고 할 말을 잃었다.

……그야 나도 그 녀석들과 똑같다고 여겨지고 싶지는 않다.

단지 츠키히코가 앞으로 몇십 년이나 그런 녀석들이 있는 곳에서 살아가야 한다고 생각하면, 무척 안타까웠다.

……이 녀석은 정말 그래도 괜찮은 걸까.

자신을 몹시 싫어하는 녀석들에게 둘러싸여서, 매일같이 마음속으로 바보 취급 당하며, 그들의 기분 여하에 따라 폭력에 시달린다.

"이제 마을로 돌아가지 말게."

자연스럽게 그런 말이 입에서 흘러나왔다.
그래, 돌아가지 않으면 된다. 이대로 계속 여기서 지내면 된다.
그렇게 하면 이제 이렇게 심한 꼴을 당할 일은 없을 테니까.
하지만 츠키히코는 내 말에 전혀 대답하지 않았다.
자세히 보니, 츠키히코는 주먹을 쥐고 묘한 표정으로 가만히 서 있었다.
나는 그 모습을 보고, 이 녀석과 한 약속을 떠올렸다.
나는 이 녀석에게 「집을 지어라.」라고 말하면서, 「집을 다 지으면 사라져.」라는 말도 했던 것이다.

그래, 처음부터 우리 관계는 이 집이 완성될 때까지만 이어지는 것이었다.
그런데 나는 지금 무슨 말을 하는 걸까.
그래서 츠키히코도 이런 표정을 짓는 것이겠지. 이 녀석이 약속을 성실하게 지키는 남자라는 것은, 이 3년 동안 뼈저리게 깨달았다.

"……미안하군. 잊어주게."

그렇게 말한 순간, 내 눈에서는 다시 눈물이 쏟아지려 했다.

쓸쓸하다.

쓸쓸해서 견딜 수가 없다. 헤어지고 싶지 않다.

아— 나는 왜 그때 그런 말을 해버린 걸까. 바보구나. 나는 어쩔 도리가 없는 엄청난 바보다.

"……미안하네."

츠키히코는 쥐어짜내듯이 그렇게 말했다.

알고 있던 일이다. 전혀 이상하지 않다. 지극히 당연한 일이다.

……그래도 내심 기대했던 자신이 몹시 부끄러워서 어쩔 줄을 몰랐다.

츠키히코가 집을 빨리 완성했으면 좋겠다.

츠키히코가 내 눈앞에서 사라지면 나도 혼자만의…….

"나와 결혼해주겠나?"

"……그리하겠네."

츠키히코가 나를 끌어안았다.

처음으로 사람의, 츠키히코의 체온을 느꼈다.

머릿속에 있던 고민은 어딘가로 녹아들어 간 것처럼 깨끗하게 사라졌다.

눈물은 슬프고 괴로울 때 흐르는 것이 아니었던가.

이런 때 흐르다니 이상하다.

"미안하네. 약속을 깨뜨려 버렸군."

나는 츠키히코의 그런 고지식하고 재미없는 말을 듣고, 평소처럼 "바보."라고 매도했다.

1,072일째.

한여름 날.

날씨는 나른할 정도로 쾌청했다.

하늘은 비쳐 보일 듯이 푸르렀고, 불어오는 바람이 흰 구름을 여기저기 흩뜨렸다.

"왜 이렇게 오래 걸리는가. 기다리다 지쳤네."

내가 그렇게 말하자, 츠키히코는 "이야— 면목 없네."라고 말하며 머리를 긁적였다.

드디어 완성된 우리 집은 볼품은 없었지만 꽤 만족스럽게 지어졌다.

여간해서는 무너지지 않겠지.

어쨌든 내 지휘 아래 만들어진 집이다. 그런데도 무너진다면, 그건 츠키히코 잘못이다.

"하고 싶은 말은 많지만, 뭐 형태가 갖춰진 것만큼은 칭찬해주겠네."

"아하하. 고맙네. 우와— 그래도 감개무량하군. 마음만 먹으면 이렇게 커다란 것도 만들 수 있군."

츠키히코는 그렇게 말하고 집의 외관을 바라보며 감상에 젖었다.

3년이나 걸려서 만든 엄청난 대작이다. 이렇게나 기뻐하다니, 순수한 녀석.

하지만 대작이라고 하니, 조금 마음에 걸리는 일이 있었다.
“……저기, 츠키히코.”
“응? 무슨 일인가?”
츠키히코는 기쁜 듯이 돌아보았다.
“이 집, 처음에 내가 요구했던 크기보다도 좀 커 보이네만.”
츠키히코는 몸을 움찔하더니, 웃는 얼굴 그대로 새파랗게 질렸다.
“어, 음…… 미안하네. 실은 내 희망을 담는 셈 치고 살짝…….”
츠키히코는 멋쩍은 듯이 그렇게 대답했다.
정말이지, 결국 이 녀석은 처음부터 이곳을 떠날 생각이 없었던 것이 아닌가.
완전히 츠키히코의 생각대로 된 것은 분했지만, 동시에 쑥스럽기도 했다.
“……딱히 싫다고는 말하지 않았네만.”
내가 그렇게 말하자, 츠키히코의 표정이 확 밝아졌다.
“다행이네! 이야— 정말이지 집을 한 채 더 지으라고 하면 어떡하나 걱정했네.”
“너, 너는 나를 뭘로 보는 건가! ……됐으니까 어서 안으로 들어가지."

츠키히코를 두고 현관으로 가려다가, 문득 집 외벽 아래에 깔끔하게 베어낸 풀 속에서 꽃 한 송이가 피어 있는 것이 보였다.

어째서 이 녀석만 피어 있는 거지. 그렇게 생각하며 내가 그곳으로 다가가자, 츠키히코가 눈치채고 "아— 그 꽃, 왠지 귀여워서 그대로 두었네."라고 설명해주었다.

꽃이 귀엽다니, 꽤 귀여운 녀석이다. 좀 더 남자다웠으면 좋겠지만, 그런 점이 이 녀석다운 부분이기도 하니 마음이 복잡했다.

짙은 분홍색의 그 꽃은, 딱 한 송이만 피었는데도 굳세고 화려했다.

"……이 꽃은 뭐라고 하는가?"

내가 웅크리고 앉아서 바라보자, 츠키히코도 옆에 앉았다.

"와, 모르는 건가? 네가 모르는 것도 있다니 신기하군."

"바, 바보 같은 소리 말게. 잠시 생각이 나지 않는 것 뿐이네……. 잘난 척하지 말고 얼른 말하게나!"

내가 재촉하자, 츠키히코는 쿡 하고 웃고는 그 꽃을 다정하게 어루만지며 대답했다.

"이 꽃의 이름은 말이네……."

칠드런 레코드 V

"왜 그런 말을 하는 거야?"

마리는 서슬이 시퍼렇게 화를 내며 소리쳤다.

좌우로 늘어뜨린 머리가 마리의 감정을 나타내듯이 구불구불 크게 굽이쳤다.

분홍빛의 두 눈은 마리가 거친 숨을 내쉴 때마다 진홍색으로 휙휙 바뀌었다.

"어, 어이 마리. 신타로도 나쁜 의미로 말한 게 아니잖아. 게다가 어쩌면 그럴지도 모른다는 이야기야. 그렇게 화낼 일은……."

키도의 말은 반은 맞고 반은 틀렸다.

나는 조금 전의 이야기에 대해서 「어쩌면」이라고 생각하지 않았다.

그것이 「진실」이라고 확신하고 있다.

마리는 키도의 말에 "으으으 으으……!" 하고 뭔가 말하고 싶은 듯 신음 소리를 내면서 눈물을 뚝뚝 흘렸다.

코노하는 마리가 눈물 흘리는 모습에 안절부절못하며 나와 마리의 얼굴을 번갈아 바라봤다.

"나, 나는…… 밖에 나가 있을게……!"

"어이, 마리……!"

마리는 벌떡 일어나서 키도가 말리는 목소리도 무시하고 밖으로 뛰쳐나갔다.

"내, 내가 쫓아갈게!"

코노하도 그렇게 말하고 마리의 뒤를 쫓아 밖으로 뛰쳐나갔다. 저 녀석은 발이 빠르다. 아마 간단히 따라잡겠지.

방 안에는 나와 키도 두 사람만이 남았다. 키도는 작게 "하아……." 하고 한숨을 쉬며 의자에 몸을 파묻었다.

"저기, 키도. 너는 어떻게 생각해?"

내가 그렇게 물어보자, 키도는 머리를 긁적거리면서 "나도 전적으로 동감이야."라고 대답했다.

"왠지 마리에게 미안한 짓을 해버렸네. 결국 마리 입장에서는 『자신의 할머니 때문에 모두가 괴로워하고 있다.』라는 이야기로 들리겠지."

"아니, 그건 어쩔 수 없잖아. 나중에 그 녀석도 확실히 이해할 수 있도록 설명하면 괜찮을 거야."

나는 키도와 마주 볼 수 있도록 마리가 앉아 있던 의자에 걸터앉았다.

머릿속으로 정보가 정리되었다고 생각했지만, 솔직히 아직까지 이해하지 못한 부분이 너무 많았다.

"뭐, 이걸로 마리가 누구인지는 대체로 파악이 됐구나."

"그래— 아무래도 이렇게 분명하게 적혀 있으니, 억지로라도 받아들일 수밖에 없지."

키도는 그렇게 말하며 펼쳐진 일기장을 팔락팔락 넘겼다.

"괴물인가……. 결국 사람이 하는 일은 어느 시대든 다르지 않군."

그렇게 말하는 키도의 표정은 어딘가 슬퍼 보였다.

이 녀석들도 이 일기에 적혀 있는 것과 같은 취급을 받아왔을까.

적어도 각자 그 능력을 이어받은 것은 틀림없으니까, 많든 적든 간에 좋지 않은 일을 겪었겠지.

"그렇다 치더라도 역시 가장 큰 원인은 이 「눈을 『맑게 하는』」 능력이구나."

"그래, 아무리 생각해도 그렇게 생각할 수밖에 없어. 단지…… 이것을 능력이라 부를 수 있을까?"

키도의 의견도 지당하다. 일기에 등장한 「열 개의 능력」

중, 이 「눈을 『맑게 하는』」 능력은 아무리 생각해도 이질적이었다.

"아니, 모르겠어. 적어도 능력을 『사용한다』는 느낌이 아닌 건 확실한데……."

일기를 읽어보면, 실제로 본인은 그것을 「능력」으로 인식하지 않았던 모양이다.

하지만 정말 이 능력들이 「저쪽 세계」를 만들었다면, 『눈을 맑게 하는』 것을 열 개의 능력 안에 포함시킨 이상, 그 역시 능력 중 하나로 보는 것이 좋겠지.

"우선 마리를 제외하고 현재 우리가 알고 있는 『능력을 가진』 사람은 다섯 명인가."

"히비야의 경우, 지금으로서는 어떤 능력을 가지고 있는지 모르지만 말이지. 너는 코노하도 능력자라고 생각하는 거지?"

"어, 아마 틀림없다고 생각해. 살아 있는 일반인이 단숨에 몇십 미터나 갈 수 있을 리 없으니까."

일기에 코노하의 능력에 해당하는 내용은 보이지 않았다.

그렇다면 자세히 언급되지 않았던 「눈을 뜨는 능력」과 「눈을 깨우는 능력」 중 하나인 걸까.

"우선 코노하를 포함하면 여섯 명. 남은 네 명의 능력자가 미확인이라는 말인가……."

"어쩌면 『눈을 맑게 하는』 능력자는 『저쪽 세계』에 대한 정보를 알고 있을지도 모른다는 거군."
"그 능력자가 이쪽 세계에 있다면 말이지. 그렇지 않다면 어떻게 할 방법이 없지만."

결과적으로 이 일기를 통해 얻은 정보는 방대했다.
전혀 알지 못했던 「저쪽 세계」와 「능력」에 대한 수수께끼가 완벽하게 연결돼서, 이제는 하나의 지침 같았다.
우리는 이제 조금만 더 가면 이 일련의 사건에 대한 진상을 볼 수 있을지도 모른다.
이대로 잘만 된다면 「저쪽 세계」를 공략해서, 사라진 사람들을 되찾을 가능성도 있다.

"『저쪽 세계』인가……."
"『저쪽 세계』라……."
나와 키도는 거기까지 말한 뒤 입을 다물었다. 아니, 아마 우리는 같은 생각을 하고 있겠지.

"……이거, 뭔가 이름을 정하지 않을래? 너무 부르기 어려운데."
"뜻밖이군. 나도 그렇게 생각하던 참이야."
말은 그렇게 했지만, 나는 이름을 지을 만한 센스가 없었다. 뭐, 딱히 멋 부릴 필요도 없으니까 적당히 부르기 쉬운 이름이라면…….

"『아지랑이 데이즈』라는 이름은 어떤가."

키도는 그렇게 말하며 눈을 반짝 빛냈다.

아— 이건 분명 자신 있다는 표정이다……. 나는 그렇게 반쯤 거북한 마음으로 키도를 살폈다.

아니나 다를까 키도의 표정은 「끝내주지?」라고 말하는 듯 내 반응을 기다리고 있었다.

"덧붙여서 『아지랑이』는 나타나서 바로 사라진다는 의미야. 데이즈라는 것은 『아찔해진다』는 의미로……."

아— 게다가 설명까지 덧붙이기 시작했다.

다른 사람이 흘려 넘긴 이야기를 다시 캐내서 설명하는 것처럼 보여서, 굉장히 안타까웠다. 솔직히 그만뒀으면 좋겠다.

"어, 어어. 그렇구나. 그럼 그렇게 부르면 되지 않을까……."

"아니, 기다려. 들어줘. 데이즈에는 다른 의미도 담겨 있거든……."

아니 아니 아니, 이렇게 나오면 성가시다고.

이 이야기는 이제 끝난 거잖아. 얼마나 많은 의미를 담고 있는 거야.

의미 따위 알 바 아니야. 됐다고 말했잖아.

“조, 좋아! 뭐, 이야기도 대략 정리됐으니까 슬슬 돌아가자. 어두워지면 돌아가기 힘들 테니까.”

“응? 아— 그도 그렇군. 이 이름의 다른 의미는 아지트에서 다시 이야기할까.”

참아줘. 까놓고 말해 그렇게 좋은 이름도 아니야.

아니, 뭐 아지트로 돌아갈 무렵이면 이 녀석도 잊어버리겠지.

일단 여기서 이야기를 질질 끄는 것은 너무 고통스럽다. 빨리 아지트로 돌아가 모모라든가 나 대신 이야기를 들어줄 사람을 찾자.

나는 그렇게 생각하며 의자에서 일어나서 현관 쪽으로 향했다.

문을 열자 직사광선 때문에 체감 온도가 훌쩍 올라갔다.

여기서부터 다시 그 길을 걸어가야 한다고 생각하니, 그것만으로도 급격하게 지치는 것 같았다.

코노하에게 업어달라고 하면…… 아니, 무리다. 그 녀석은 륙색을 메고 있다.

그렇다면 차라리 안겨서 가면…… 아니, 올 때는 마리를 안고 왔지. 어느 쪽이든 무리다.

"그럼, 마리는 어디 있으려나."

키도는 내 뒤를 따라 집 밖으로 나와서, 손을 뒤로 돌려 문을 닫으며 그렇게 말했다.

마리는 「밖에 나가 있겠다.」고 말했지만, 그렇게 시간이 오래 지나지 않았으니까 멀리는 못 갔겠지…….

키도와 함께 주변을 어슬렁어슬렁 둘러보니, 마침 집 뒤편에 있던 수풀 안에서 하얗고 복슬복슬한 실루엣이 힐끗 보였다.

"오, 저기 있다. 어이~ 마리, 조금 전엔 미안했어! 돌아와~!"

내가 그렇게 말하자 멀리 있던 마리가 뭐라고 외치는 것 같았지만, 거리가 너무 멀어서 잘 들리지 않았다.

"뭐라고 하는 거지……?"

하는 수 없이 마리의 모습이 확실하게 보이는 곳까지 수풀을 헤치며 나아갔다.

마리는 여전히 뭔가를 외치고 있었지만, 도대체 뭐라고 하는지 들리지 않았다.

계속 안쪽으로 나아가다 보니, 무성했던 수풀이 뚝 끊겨 있는 장소가 나왔다.

깜짝 놀라 발을 멈췄다.

그곳에 다다르자, "도와줘—."라며 흐느껴 우는 마리의 애처로운 목소리가 또렷하게 들려왔다.

주뼛주뼛 다가가 보니, 마리는 수풀이 끊어진 곳에서부터 폭 5미터 정도 되는 벼랑 너머에 있었다.

"마, 마리?! 너 왜 그런 곳에 있는 거야!"

이 정도나 되는 거리를 어떻게 건너갔는지 둘러보니, 조금 떨어진 곳에 통나무 하나가 다리처럼 걸쳐져 있는 모습이 보였다.

마리는 "벼, 별이 또챠와서~."라고 말하면서 큰소리로 엉엉 울고 있었다.

아마 마리는「벌이 쫓아와서.」라고 말한 것이겠지.

그렇다는 말은 벌을 피하는 도중에 저 통나무 위를 건너서, 건너편까지 넘어가게 됐단 걸까.

"도대체 어떻게 된 거야……."

뒤따라오던 키도도 그 모습을 봤는지 "마리?!" 하고 놀란 목소리를 냈다.

"어이, 이거 어쩌지……."

"어쩌긴, 어떻게든 구해줘야지. 그러고 보니, 코노하는 어디로 간 거야?"

그래. 그 녀석에게 이 정도 되는 벼랑을 뛰어넘는 건 아무것도 아니겠지.

건너편까지 날아가서 마리를 둘러 멘 뒤에 다시 이쪽으로 날아서 돌아오는 일 정도는 손쉽게 끝낼 것이다.

"그러게. 그 녀석 그 때 마리를 바로 쫓아나가서……."

『헤매고 있나.』

나와 키도는 동시에 어깨를 늘어뜨렸다.

지금 그 녀석이 여기에 없다는 것은 그런 뜻이겠지. 그 녀석은 어느 쪽으로 달려간 걸까.

하지만 어쨌든 지금 이 상황에서 그 녀석이 없으면 별도리가 없다.

저 모습을 보건대, 마리에게 「한 번 더 저 통나무를 건너와.」라고 말하는 것은 너무 잔인하겠지.

그렇다고 해서 내가 건너가서 데려오는 일은, 그 몇 배 이상으로 불가능했다. 우선 근본적으로 나에게는 건너편까지 건널 배짱이 없었다.

"일단 코노하를 기다려—."

그렇게 말하려던 순간, 시야에 뭔가 노랗고 작은 물체가 들어왔다.

그것은 날개를 윙윙거리면서 엄청난 기세로 눈앞으로 다가왔다.

벌이다.

"끄아아아아악!"

나는 갑작스러운 사태에 몸을 크게 뒤틀었다.

한시라도 빨리 이곳을 벗어나지 않으면, 한시라도 빨리…….

그렇게 생각하며 발을 디딘 순간, 내 다리는 지면 대신 보기 좋게 허공을 찼다.

……위험해. 실수했다.

놀란 키도의 얼굴이 시야에 비치더니 빠른 속도로 작아졌다.

굉장한 힘이 나를 끌어당기는 것처럼, 내 몸은 벼랑의 바닥을 향해 급강하하기 시작했다.

……아아, 무리다. 이건 살아남을 리 없어.

너무 멀어진 키도의 모습을 보며, 나는 죽음을 예감했다.

상당히 아프겠지. 그야 그런가. 이 높이에서 떨어지는 것이니까.

그러고 보니 아야노가 죽었을 때도, 그런 생각을 했다. 옥상에서 본 것만으로는 아무것도 느낄 수 없었지만, 그렇구나. 이런 감각이었구나.

"그 녀석, 무서웠겠지."

그렇게 중얼거리며 눈을 감은 직후, 나는 몸에 쿵 하는 충격을 받은 뒤 의식을 잃었다.

*

눈을 뜬 순간, 내 눈에 들어온 것은 배에서 엄청난 양의 피를 흘리며 흠칫흠칫 몸을 떠는 코노하의 모습이었다.

직감적으로 이 녀석이 나를 구해줬다는 사실을 깨달았다.

몸 어디에도 아픈 곳은 없었지만, 눈앞의 광경에 찌부러지는 게 아닐까 싶을 정도로 심장이 쪼그라들었다.

코노하의 옆에는 마침 사람 팔 굵기 정도 되는 나뭇가지가 지면에서 쑥 솟아나 있었다.

말라비틀어져서 끝이 뾰족해진 그 나뭇가지에도 피가 끈적끈적하게 묻어 있었다.

저게 배에 꽂힌 건가.

멀리 머리 위에서 뭐라고 외치는 소리가 들렸지만, 지금은 눈앞의 이 녀석을 구할 수단을 생각하느라 머리가 꽉 차서 거기에 신경 쓸 여유가 없었다.

이곳은 핸드폰 통화권 밖이었다.

병원으로 옮기더라도 제시간에 도착하지 못하겠지.

그 외에 뭘 할 수 있지?

응급 처치. 안 돼. 그 정도로 어떻게 될 수준이 아니야.

뭔가. 뭔가 없을까. 이 녀석을 구할 방법이 뭔가…….

"어째서 나 같은 걸……!"

나는 점차 몸의 떨림이 잦아드는 코노하에게 그런 말밖에 할 수 없었다.

코노하는 그런 내 말에 뭐라고 가냘프게 중얼거렸다.

그와 동시에 쿨럭하고 피를 토하는 바람에 거의 대부분이 들리지 않았지만, 코노하는 틀림없이 "친구니까."라고 말했다.

몸이 떨리며 눈물이 넘쳐흘렀다.

내가 이 녀석에게 해준 게 뭐가 있을까?

아니, 아무것도 해준 적이 없다.

코노하는 그런데도 나를 감싸느라 이제 움직일 수 없게 되었다.

코노하의 눈동자는 이미 빛을 잃었는데도, 피는 끊임없이 흘러나와 지면을 적셨다.

……어이, 부탁이니까 어떻게든 해줘. 코노하의 몸속에 있잖아.

친구란 말이야. 구하고 싶어. 부탁이야, 제발 부탁이니까…….

내가 간절히 빌었던 그 순간, 공기가 순식간에 얼어붙은 것 같았다.

뭔가 무시무시한 생물이 노려보는 듯한 감각이었다.

그렇게 생각한 것도 잠시, 움직이지 않게 된 코노하의 몸에서 무수히 많은 검은 뱀이 튀어나와 코노하의 몸을 꽁꽁 묶었다.

조금 전까지 빛을 잃었던 코노하의 두 눈이 검붉게 빛나기 시작했고, 코노하의 심장은 두근두근 고동치는 소리가 나에게 들릴 정도로 울리기 시작했다.

무력한 나는 눈앞에서 친구의 몸이 복구되는 모습을 그저 멍하니 바라볼 수밖에 없었다.

사신 레코드 Ⅳ

촛불이 창가에 놓인 책상 위를 어슴푸레하게 비추고 있었다.

나는 처음으로 쓴 일기를 마무리하고 펜을 책상 위에 놓은 뒤, 내가 쓴 내용을 다시 찬찬히 확인했다.

"음~ 이렇게 쓰면 되는 걸까."

『일기』라는 것은 알고 있었지만, 실제로 적어보니 꽤 어려웠다.

오늘은 우선 「외출」이라는 좀 큼직한 사건이 있어서 다행이었지만, 내일부터는 도대체 뭘 적으면 좋을지 모르겠다.

하지만 얼추 다시 읽어보니 오늘의 일기도 솔직히 재미있는 내용이라고는 말하기 어려웠다.

"처음이니만큼 집중해서 써야겠다고 생각했지만……. 이래서는 완전 볼품없지 않은가."

스스로 기가 막힐 정도로, 나는 글재주가 없다는 것을 깨달았다.

"그런가? 정말 잘 썼다고 생각하는데."

갑자기 등 뒤에서 들려오는 목소리에 나는 그만 "우와앗!" 하고 소리를 질렀다.

츠키히코는 평소와 같은 미소로 "아하하. 미안하네."라고 말하며 머리를 긁적였다.

"무슨……! 이 바보 녀석! 멋대로 들여다보지 말게!"

설마 이 녀석이 들여다볼 줄이야. 방심하고 있었다. 이상한 이야기는 적지 않았지……. 응, 괜찮을 것이다.

"이야— 나도 등장시켜주다니, 기쁘군."

츠키히코는 쑥스러운 듯이 그렇게 말했지만, 벌에게 쫓겨다닌 추태를 적은 것이 뭐가 그리 기쁘다는 걸까.

"흥, 등장인물이 하도 적어서 할 수 없이 적었을 뿐이네."

딱히 일기에 등장인물은 필요 없다고 생각하지만, 단지 이 녀석을 기쁘게 하는 것은 왠지 아니꼬워서 그런 것으로 해뒀다.

"시온은 벌써 잠들었나?"

"응, 오늘은 밖에서 실컷 놀았으니까 말이지. 완전 곯아떨어졌다네."

시온도 많이 컸다.

설마 내가 아이를 기르게 되리라고는 솔직히 생각도 못 했지만, 어떻게든 되는 법이다.

나와 이 녀석의 아이라 솔직히 엄청 불안했지만, 그래도 지금은 매일이 행복했다.

"시온은…… 앞으로도 잘 자라줄까."

내가 그런 말을 하자, 츠키히코는 평소처럼 내 머리를 쓰다듬으며 "분명 어른이 돼서 아자미 같은 미인이 될 거라네."라고 대답했다.

아니, 딱히 그렇게 말해주길 바라서 한 말은 아니다. 부끄러우니까 그만하라고 항상 말하는데도, 이 녀석의 이런 태도는 전혀 고쳐지지 않았다.

"음~ 나도 잠이 몰려오는군. 이제 슬슬 쉬러 갈까."

츠키히코는 그렇게 말하고 늘어지게 하품을 했다.

졸려 보이는 츠키히코의 얼굴은 처음 만났던 그날과 비교하면 많이 늙었다.

그야 사람이니까 나이를 먹는 것이 당연하다.

그런 몸으로 시온과 함께 잔뜩 뛰어다닌 것이다. 이 녀석도 상당히 피곤하겠지.

"그런가. 그럼 푹 쉬게나."

하지만 츠키히코는 조금 쓸쓸해 보이는 표정을 짓는가 싶더니, 이런 이야기를 시작했다.

"아자미, 가끔은 같이 쉬지 않겠나? 시온도 함께, 어떤가."

츠키히코의 말에 가슴이 조금 아팠지만, 나는 내색하지

않고 단호하게 대답했다.

"……바보 녀석. 나는 잠을 자지 않네. 밤새 네 옆에서 따분하게 시간을 보내라는 말인가?"

"아하하. 그도 그런가. 미안하네."

츠키히코는 그렇게 말하며 웃었지만, 역시 어딘가 쓸쓸해 보였다.

"내일도 함께 있을 테니 상관없지 않나."

내가 그렇게 말하자, 츠키히코는 생긋 웃으며 "알았네, 내일 보세."라고 말하고 다시 내 머리를 쓰다듬었다.

나는 작게 손을 흔들며 침실로 향하는 츠키히코를 배웅했다.

그 모습이 보이지 않게 되자, 필사적으로 숨기고 있었던 쓸쓸함이 가슴속에서 스며 나왔다.

츠키히코가 저런 말을 꺼낸 것은, 내가 무심코 일기에 적은 말 때문일까.

저 녀석은 그런 것을 신경 쓰지 않겠지만…….

『앞으로 몇 번이나 셋이서 함께 여름을 맞이할 수 있을까.』

내가 직접 쓴 말인데도, 일기에 적힌 그 말이 몹시 잔혹하게 느껴졌다.

츠키히코에게는 비밀이지만, 최근에는 밤마다 이런 생각만 떠오른다.

저 녀석과 함께 있으면 자주 잊어버리곤 하지만, 나는 우리가 영원히 함께 있을 수 없다는 사실을 알고 있었다.

……아마 저 녀석과는 그렇게 오랫동안 살 수 없겠지.

무엇보다 저 녀석은 틀림없이 나보다 먼저 죽을 테니까.

하지만 그런 것은 처음부터 알고 있었다.

왜 이제 와서 이런 고민을 하게 됐을까.

저 녀석과 함께 있을 수 없는 것이 쓸쓸하기 때문이다.

그런 생각을 떠올리기만 해도 눈물이 맺힐 정도로 쓸쓸했다.

하지만 그렇다고 해서 처음부터 함께 하지 않았다면 좋았을 것이라는 생각은 전혀 하지 않았다.

저 녀석과 만나고, 시온이 태어나서 셋이 되었다.

함께 보내는 이 시간이 나에게는 둘도 없이 소중하다.

그러니까 괜찮다. 앞으로 함께 보낼 시간을 지금 이상으로 소중히 여긴다면 그걸로 충분하다.

그런 귀중한 날들을 슬픈 생각으로 허비하는 것은 아까운 일이다.

슬픈 생각은 이별의 시간이 찾아왔을 때 실컷 울면서 하면 된다.

「왜 먼저 간 건가. 계속 함께 있을 것이라고 말하지 않았나.」라고 실컷 욕을 해줘야지.

저 녀석은 나의 그런 억지에 몹시 약하니까 분명 매우 곤란해하겠지.

평소처럼 머리를 긁적이면서 사과해도 용서해주지 말아야지. 응, 생각만 해도 정말 고소하다.

그런 생각을 하다가 정신을 차리니 눈물이 일기 표지 위로 똑똑 떨어지고 있었다.

숨 쉬기가 괴롭다. 억누르려고 아무리 애를 써도, 쓸쓸한 마음이 흘러넘쳤다.

눈물은 헤어질 때 흘리자고 방금 막 생각하지 않았나. 나는 바보인가.

……싫다. 헤어지고 싶지 않다. 계속 함께 있고 싶다.

그런 말이 머릿속을 가득 채우더니, 머리가 차츰 멍해졌다.

너무 울어서 그런 걸까. 어쩐지 이상한 기분이다.

생각에 잠기려고 하는 것도 아닌데, 자연스럽게 눈을 감게 되었다.

이것은 도대체 뭐지?

잘 모르겠지만, 불쾌하지는 않다.

쓸쓸함이 누그러지는 것 같다.

조금씩.

조금씩.

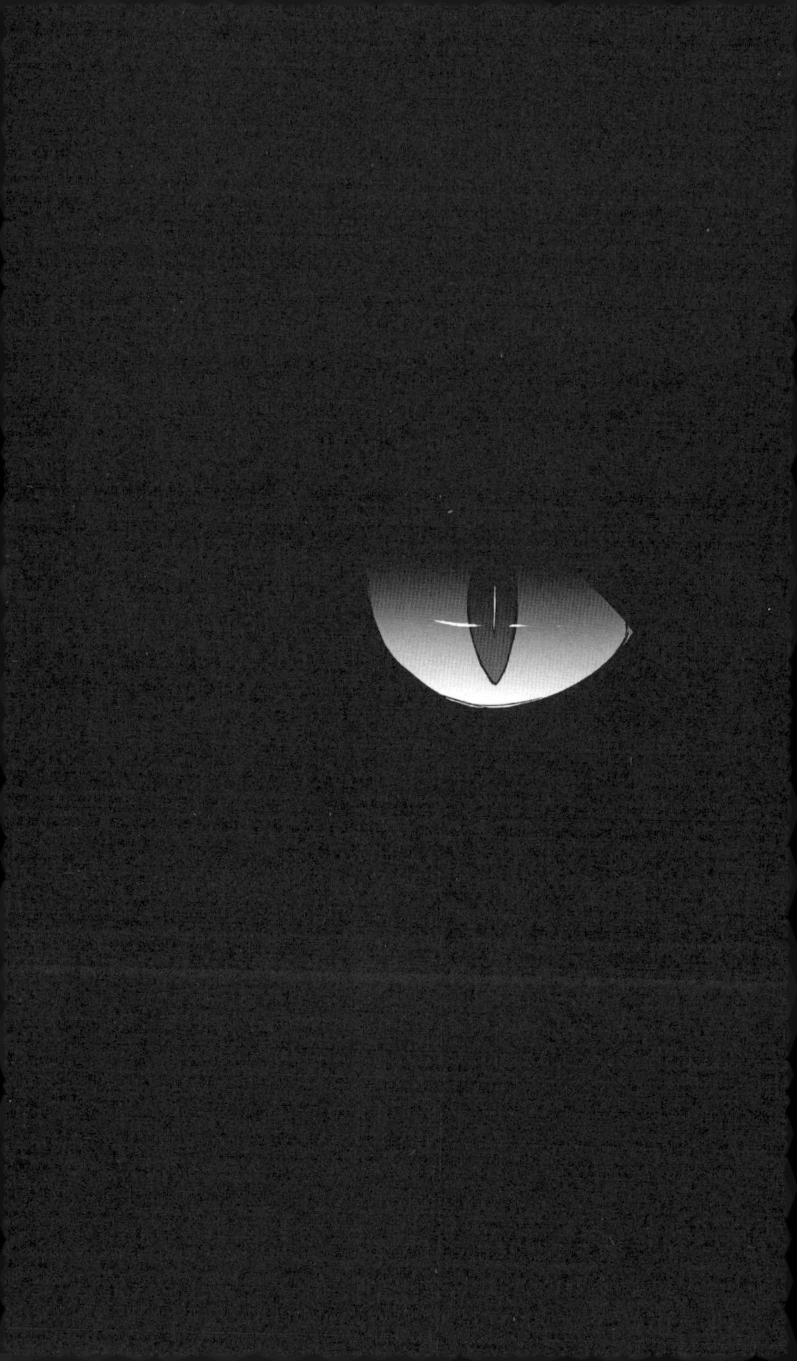

어서 오세요.

어서 오세요, 나의 주인님.

아아, 드디어 몸을 맡기실 생각이 드셨군요.

바짝 여위셨네요. 필시 괴로운 일을 겪으셨겠지요.

정말 이때가 오기를 얼마나 애타게 기다렸는지 모릅니다.

하여간 항상 이곳에서 계속 기다렸는데, 전혀 눈치채지 못하셨으니까요.

하지만 이곳으로 오셨다는 말은 그만큼 간절히 이루고 싶은 소망이 있으시다는 것이겠지요?

아아, 아니요, 아니요. 전부 말씀하지 않으셔도 괜찮답니다.

무슨 말씀을 하시는 거예요. 당신은 나, 나는 당신이니까 모를 리가 없지요.

네, 그럼요. 알고말고요.

과연 그렇군요.

……이것은 또 무척 기묘하군요!

아아, 아니요, 아니요. 흘려들으셔도 괜찮습니다.

그렇다 치더라도 이런 일로 고민하시다니, 주인님도 많이 변하셨군요.

하지만 어떤 주인님이시든, 어떤 소원을 바라시든, 저는 그것을 이뤄드리기 위해 존재하니 부디 안심하셔요.

그럼, 그 사람과 영원히 함께 살고 싶다. 이런 소원입니다만, 결론부터 말씀드리면 이 세계에서는 아마 불가능하겠지요.

아아, 그렇게 비관하지 마셔요.

「이 세계에서는」이라고 말씀드렸잖아요.

그럼요, 그렇답니다.

당연히 「그럼 어떤 세계라면 가능한 건가?」 하는 궁금증이 생기시겠지요.

알려드리지요. 그것을 알기 위해 여기까지 발걸음 하셨을 테니까요.

그래요. 당신이 지닌 그 능력. 그것을 사용하시면 됩니다.

그 능력들은 그야말로 어떻게 사용하는가에 따라 무슨 일이든 할 수 있답니다.

조금 전에 말씀드린 대로, 이 세계에서는 아마 당신의 소원을 이룰 수 없겠지요.

유감스럽게도 그 이유를 당신께 말씀드릴 수는 없습니다만, 부디 양해해주셔요.

하지만 그렇다면 새로운 세계를 만들면 되지요!

예를 들면, 영원히 끝나지 않는 시간을 반복하는 세계는 어떠신가요?

당신이 사랑하는 그 사람과 따님과 함께 영원히 그곳에서 지내는 겁니다.

당신의 힘을 사용하면 정말 쉽게 만들 수 있습니다.

네, 그럼요! 다른 누구도 아닌 당신의 힘이니 당신이 사용하지 못할 리가 없지요.

…….

……어머, 슬슬 시간이 다 되었군요.

다음에 오실 때, 또 자세히 말씀드리지요.

저는 언제나 이곳에서 기다리고 있답니다.

네, 무엇이든 물어보세요.

그럼, 또 다음에 좋은 꿈을 꾸실 때 만나 뵙도록 하지요.

칠드런 레코드 Ⅵ

한낮의 더위도 그럭저럭 누그러져서, 밖을 돌아다니기가 어느 정도 편해졌다.

아직 하늘은 보랏빛을 띠고 있는데도, 가로등에는 드문드문 불이 들어오기 시작했다.

"지, 진짜냐……."

나는 순간 자신의 눈을 의심했지만, 몇 번이나 확인해도 눈앞에서 일어난 일은 분명 「현실」이었다.

아지트 근처에 있는 자판기 앞.

『당첨이 나오면 하나 더!』라는 선전 문구를 「그럴 리 있냐.」라고 일축하며 살아온 나였지만, 눈앞에 있는 자판기의 진부한 전자 룰렛에는 틀림없이 「당첨!」이라는 글자가 계속해서 번쩍거렸다.

"도시 전설이 아니었단 말인가……!"

음료수가 나오는 곳에 손을 집어넣으니, 차가운 페트병 두 개의 감촉이 확실하게 느껴졌다.

꺼내보니 틀림없이 매혹적인 검은색 탄산음료 두 병이 그곳에 있었다.

손바닥에서 몸으로 행복의 정수가 흘러들어왔다.

아— 지금 당장이라도 이것을 쭉 들이켜면 최고겠지만, 이번만은 나도 참기로 했다.

"두 병 사야 하는 수고를 덜었군."

내가 그렇게 말하며 탄산음료 한 병을 건네자, 코노하는 "아, 고마워." 하고 꾸밈없이 감사 인사를 했다.

우리는 자판기 옆에 나란히 서서 탄산을 힘차게 몸속으로 집어넣었다.

슉슉 터지는 설탕물이 목에서 식도, 그리고 위로 이어지는 모든 기관을 달콤하고 강렬하게 자극했다.

아아…… 이거다. 바로 이거다.

그야말로 몹시 더운 날씨에 죽음의 하이킹을 끝낸 자만이 도달할 수 있는「경지」.

나는 지금 그 정상에서 탄산음료와 영혼의 대화를 시작한 것이다.

이야기를 나누면 나눌수록 깊고, 격렬하고, 농염해지는

광란의 잔치.

아아, 그랬구나. 탄산은 신이 사람에게 동등하게 부여한, 천상으로 갈 수 있는 통행증인 것이다.

"탄산이여, 영원하라……."

"무, 무슨 소릴 하는 거야?"

아차.

너무나도 탄산에 심취한 나머지, 코노하를 완전히 방치하고 있었다.

하지만 코노하의 손에 든 탄산음료가 완전히 줄어든 것을 깨닫고, 나는 견딜 수 없이 기뻤다.

"맛있지?"

내가 그렇게 말하자, 코노하는 고개를 크게 두 번 끄덕였다.

그런 대화를 나누는 동안, 하늘은 온통 검은색 탄산음료 빛깔로 물들어 있었다.

한여름이라 해도 긴데, 벌써 깜깜해지는 건가.

"시간은 정말 눈 깜짝할 사이에 흘러가는구나."

코노하도 멍하니 하늘을 응시하고 있었다.

페트병에 가려져 있었지만, 옷에는 커다란 구멍이 나 있었다.

나는 남은 탄산음료를 쭉 들이켜고, 페트병을 자판기의

쓰레기통에 넣었다.

"저기, 코노하."

"응?"

코노하는 여전히 무표정한 얼굴로 가만히 나를 바라보았다.

나는 점점 이 녀석에 대해 이해하게 되었다.

얼굴에 드러나지 않을 뿐, 이 녀석의 마음속은 무표정하지 않았다.

이상하고 엉뚱한 녀석이라고 생각했지만, 당치도 않다. 아주 평범하게 「좋은 녀석」이다.

"조금 전에 나를 친구라고 말했지."

내가 그렇게 말하자, 코노하는 "응." 하고 짧게 대답했다.

"그럼 말이지. 혼자 아파하지 마. 쓸쓸해지잖아."

이 녀석은 내 목숨을 구해줬다.

그런 말을 할 만한 처지가 아니라는 것은 알고 있지만, 그런 일은 이제 두 번 다시 겪고 싶지 않았다.

코노하는 아는지 모르는지, 한 번 더 "응." 하고 짧게 대답했다.

왠지 그 「응.」이라는 대답이 조금 전의 「응.」이라는 말보다도 이 녀석 나름대로 감정을 담은 것 같아서 나는 조금 기뻤다.

"……슬슬 돌아갈까? 단장이 화내겠는걸."

"응."

조금 걸어가니 「107」이라고 적힌 문패가 붙어 있는 수상한 건물이 보였다.

문을 열고 안으로 들어가니, 키도와 마리가 동시에 "어서 와."라고 말하며 우리를 맞았다.

역시 녹초가 됐다.

나는 소파에 털썩 주저앉아 천장을 바라봤다.

내가 멍하니 있는 동안, 마리는 코노하의 옷에 뚫린 구멍을 촘촘히 꿰매기 시작했고 키도는 그 단어가 몹시 마음에 들었는지 "아지랑이 데이즈……." 하고 중얼거렸다.

별안간 현관문이 열리는 소리가 들리고, 쿵쿵거리는 개성적인 발소리가 방으로 뛰어들어 왔다.

익숙한 그 소리에, 나는 마지막 힘을 쥐어짜내서 이렇게 말했다.

"아아…… 어서 와……."

헤드폰 액터 V

"……여기는, 조금 전에도 지나온 곳이네."

나는 전자책 사이트의 개성적인 배너 광고 앞에서 그렇게 중얼거렸다.

광고에 기대서 "하아……." 하고 크게 한숨을 쉬었다.

"집으로 돌아가는 길도 잊어버리다니……. 으으, 내가 이런 실수를 하다니—."

매일 정보가 계속해서 얽히고설키는 이 세계는, 눈 한 번 깜짝일 때마다 모습이 바뀌었다.

어제 들어갔던 원예 사이트가 문득 정신이 들고 보니 약간 수상쩍은 코스프레 사이트로 바뀌는 일도 있었다.

젊은 밴드 뮤지션이 영혼을 담은 가사를 계속해서 올리던 밴드 홈페이지가 수수께끼의 랭킹 사이트로 바뀌기도 했다.

이런 일이 흔하다는 사실을 뼈저릴 정도로 알고 있었지

만, 역시 2년이라는 세월이 지나면 또 다르다.

“으~ 뭔가 좋은 아이디어 없을까~.”

그렇게 말하며 팔을 휙휙 흔들어봤지만, 소맷부리에서 좋은 아이디어가 흘러나오는 일은 없었다.

나는 어느샌가 완전히 에네가 되어버렸다.

그렇게나 나를 귀찮게 했던 수면욕은 깨끗하게 사라지고, 주인님의 24시간 기운 넘치는 아이돌 에네로서 생활해왔지만…….

“역시, 그 이야기는 진짜였네. 하지만 그 가짜 씨 때문에 혼란스러워어어어!”

나는 그렇게 말한 뒤, 우아아악 소리를 지르며 날뛰었다.

등을 뒤로 젖혀 위를 바라보고 둥실둥실 떠올라 멍하니 주변을 응시하자, 끝이 없는 이 공간에는 평소처럼 전자욕(電子欲)이 넘쳐흐르고 있었다.

“뭐, 이런 세계야말로 「가짜」지만—.”

나는 그렇게 말하며 한 번 빙글 돈 뒤에, 드디어 진지하게 집으로 돌아가는 길을 찾기로 했다.

나는 검지를 세우고 그대로 허공에 URL을 죽 쓰기 시작했다.

“죽이 되든 밥이 되든! 이런 느낌이었지~!”

그 흐름에 몸을 맡기고 단숨에 URL을 다 적자, 어디라고 할 것 없이 낯익은 윈도가 나타났다.

"예스! 딱 맞았네!"

화려하게 브이 사인을 하고 힘차게 그 윈도 속으로 뛰어들자, 작은 정사각형의 공간에 다다랐다.

"우와~ 그립네~. 여기에 좋은 기억은 별로 없지만—."

엄청 흐느껴 울었던 장소다.

좋은 기억 같은 게 있을 리 없다.

공간의 측면에는 「받은 메일」, 「보낸 메일」 등 다양한 항목이 늘어서 있었다.

그 안에서 「중요 메일」을 선택하고, 가장 위에 있는 메일을 열었다.

"많이 늦어져서 미안해."

나는 그렇게 말하고, 2년 전에 선택할 수 없었던 「답장」 버튼을 눌렀다.

제목: 늦어졌지만

본문:

답장이 많이 늦어져서 미안해.

믿을 수가 없어서, 어떻게 하면 좋을지 몰라서, 계속 도망쳐서 미안.

하지만 네가 말한 대로였어.
이미 다들 모이고 있고, 나도 결국 끌려들어가게 됐지.

너무 늦었을지도 모르지만, 앞으로 내가 할 수 있는 일을 열심히 할게.

그리고 역시 그 녀석도 말려들어 버린 것 같아.
모모도 그렇게 돼서 깜짝 놀랐지만…….

그래도 괜찮아 보여.
스스로 선택해서 나아가고 있어. 역시 남자애답네.

아야노는 그쪽에 있는 거지? 미안해. 꼭 구하러 갈 테니까.

그럼, 다녀올게.

『눈을 맑게 하는』 녀석을 쓰러뜨리면 꼭…….

꼭 다시 만나자!

에노모토 타카네

■ 작가 후기 ~『눈이 썩는 이야기』~

언제나 신세를 지고 있습니다. 진입니다.

자, 4권은 어떻게 읽으셨나요?

이번 권에서는「아자미」라는 캐릭터가 메인으로 나오는 이야기를 썼습니다.

소설 3권을 쓰고 있을 때 히비야에 대해서도 그랬습니다만, 저는 아무래도 당시 쓰고 있는 주인공 캐릭터에게 빠져버리는 것 같습니다.

그런 이유로 4권을 다 쓴 지금은 아자미가 무척이나 마음에 듭니다.

「바보 녀석이♡」라는 식으로 말이지요.

어? 신타로? 아— 그런 캐릭터가 있었지요(웃음).

그런 이유로(어떤 이유냐) 무대는 여전히 여름, 그것도 한여름입니다.

소설 3권을 집필하던 시기는 현실상으로는 봄이었기 때문에 편했습니다만, 이번 권을 쓸 때는 현실 세계도 한여름이었기 때문에 정말 힘들었습니다.

정말 여름휴가 같은 건 꿈도 못 꿉니다.

해수욕도 캠핑도 없습니다.

오직 마감이라는 이름의 담력 시험만이 있을 뿐입니다(잘한다).

그보다 왠지 진행 속도가 빠르네요.

그도 그럴 게 바로 얼마 전에 막 3권이 나왔는데, 벌써 4권입니다. 이게 뭡니까? 저를 괴롭히는 겁니까?

하지만 그런 말을 한다고 해서 뭔가가 바뀌는 것도 아닙니다.

“살려줘!” 하고 집을 뛰쳐나가도 「편집자」가 “철컹철컹.” 하고 거대한 가위를 들고서 바로 뒤쫓아 옵니다.

어떻게든 편집자에게서 도망치기 위해 택시에 뛰어 올라탔을 때, 그 택시 운전기사가 「편집자」였다는 경우도 수두룩합니다.

여러분이 모르고 있을 뿐, 세상 곳곳에는 「편집자」가 있습니다. 무섭네요.

그리고 매번 그렇지만 이번에도 방이 엄청난 상태입니다. 가구: 4, 쓰레기: 6 정도의 비율로 쓰레기투성이입니다.

슬슬 폭유 하이퍼 바스트 거유 메이드가 나타나도 좋을 시기입니다만. 정말 적당히 해주세요. 화낼 겁니다.

이런 느낌으로 후기를 적고 보니 「어라? 이거 예전에도 썼던 것 같은데—.」 하는 절망적인 현상이 일어나기 시작했습니다.

이제 쓸 내용이 없습니다. 살려주세요.

집에서 나오지 않으면 사람을 만날 기회도 없습니다. 그런 스물두 살의 남자에게 다른 사람에게 이야기할 만한 즐거운 일이 있을 리 없지 않습니까.

하지만 그래도 써야만 합니다.

사인회에서 "후기 기대하고 있어요!"라고 말해주신 분도 있기 때문입니다! 쓰겠습니다(가능하다면 본편도 기대해주세요)!

그러고 보니 최근 어딘가의 여자애도 이 소설을 읽고 있는 모양입니다.

카노를 좋아하는 것 같습니다.

카노 말이지요. 이야, 그 녀석 인기 많네요.

그러면—. 다음 권에서는 누구를 토하게 만들까요? (생긋)

아, 개인적으로 남자 캐릭터 중에서 가장 좋아하는 것은 하루카입니다.

왠지 좋은 향기가 날 것 같습니다.

그나저나 이러저러해도 벌써 4권.

구구하게 말하면서도, 항상 즐겁게 집필하고 있습니다.

「이 녀석들, 나도 끼워주지 않으려나.」라고 간절히 바라면서 쓰고 있습니다.

정말 소설 속의 세계로 들어가서 모두와 함께 놀고 싶습니다.

다음 권 즈음에 「내가 아지랑이 데이즈다.」라고 말하면서 설마 했던 작가 본인이 등장할지도 모르겠네요.

이렇게 쓰면 편집자가 거대한 가위를 철컹거리며 「바보 녀석♡」이라고 말할 테니 아마 무리일 겁니다. 원통합니다.

그럼, 이런 느낌으로 5권이 될 수 있으면 빨리 발매될 수 있기를 빌면서, 이쯤에서 마치도록 하겠습니다.

다음 권의 후기 페이지에서 다시 뵙도록 하죠! 그럼 이만!

진(자연의적P)

■역자 후기

『아지랑이 데이즈』 4권입니다.

저는 원래 작가 후기나 역자 후기 읽는 것을 좋아합니다. 책 뒤에 후기가 없으면 좀 섭섭할 정도로 좋아합니다. 하지만 후기를 쓰는 것이 막상 자신의 일이 되고 보니 무척 힘든 일이라는 사실을 깨달았습니다. 예전에는 다른 분들의 후기를 흥미진진하게 읽었다면, 요즘은 눈물을 흘리며 공감하는 지경에 이르렀습니다. 안 돼. 이런 건 공감하고 싶지 않습니다.

저의 로망은 럭셔리한 의자에 앉아서 와인 잔을 돌리며 느긋하게 후기를 적는 것입니다. 하지만 현실은 텅 빈 머리로 뭘 써야 할지 몰라 "어버버버버—." 이상한 소리를 내며 헤매는 모습입니다. 근데 후기를 적을 때는 정말이지 하얗게 불태운 뒤이기 때문에 머릿속이 텅 비어 있습니다. 몇 시간이고 컴퓨터 앞에 앉아 있지만 단어 하나 떠오르지 않을 때도 많습니다. 그러면 다들 생각하시겠지요. 후기를 미리 쓰면 되잖아?

그렇습니다! 이래 봬도 저는 작업하는 중간 중간 후기를 미리 써놓는 타입인 것입니다! 하지만 작업할 때는 머릿속이 혼돈의 카오스이기 때문에 다시 파일을 열어보면 「어버버버버」한 내용이 적혀 있습니다. 외계어입니다. 무슨 말인지 모르겠습니다. 갑자기 자신이 매우 낯설게 느껴집니다. 그래서 결국 눈물을 삼키며 후기를 다시 작성하지만 머릿속은 공백. 장비를 정지하는 소리가 들립니다. 아, 안 되잖아?

그래도 이제까지 후기는 되도록이면 얌전하게 적을 수 있도록 노력했습니다. 친구가 제 후기를 보고 나서 "네 글 같지 않다." 라고 말할 정도로 이래 봬도 자제하며 적은 편이었습니다. 하지만 이제 한계입니다. 마음을 내려놓으니 후기도 술술 써집니다. 매 권마다 가장 좋아하는 캐릭터가 바뀌는 저는 이번에 이렇게 외치고 싶습니다. 아자미 님 최고! 그럼 5권에서 뵙겠습니다.

역자 이수지 올림

성게

시즈

소설 4권 발매
축하드립니다!!
엄청 손꼽아 기다렸습니다!
이야기도 점점 흥미진진해지네요.
진 씨와 시즈 씨도 정말
수고하셨습니다……! 바쁘신 와중에도
항상 기대를 뛰어넘는 멋진
작품을 세상에 내놓는
진 씨와 시즈 씨에게 저절로
고개가 숙여집니다.
앞으로도 힘내세요!!!
사토 마히로
佐藤まひろ
아지랑이 데이즈의 만화를 연재하고 있습니다!

아지랑이 데이즈 4권 발매 축하 드립니다!

드디어 4권까지 나왔네요.
진 씨와 서로의
작품에 대해서
함께 이것저것
이야기를 주고받은
지 벌써 몇 년이나
흘렀구나 생각하니
그리울 따름입니다.
앞으로도 함께 이야기를
주고받을 수 있었으면
좋겠습니다.
계속해서 나올 진 씨의
작품도 무척
기대됩니다.
또 기회가 닿으면
같이 놀아요!

이시후로
로부터

앤솔로지
DOWNER의
만화에서
고생했던
세토를 위한
그림입니다.
메이커에서
카타」가 나왔기에
려보았습니다.
소설 4권
발매 축하
드립니다
정말 수고하셨습니다—!
1, 2권에 슬그머니 참가했던
류세입니다. 이제 진과 함께
살고 있다는 이유를 빼면 달리
참여할 이유가 없지만,
불러주셔서 기뻐요!
by 류세
시즈 씨
또
집으로
놀러와요—.
어찌
스트레이터로
하고 있습니다.
tter
@ryuuseee

마리의 「비밀」 그림책에서 ①

권말 특별 기획

마리의「비밀」그림책에서 ②

권말 특별 기획

마리의 「비밀」 그림책에서 ③

마리의「비밀」그림책에서 ④

본문 삽화 러프 ②

사람들
다리

권말 특별 기획

본문 삽화 러프 ⑥

위험하다

너무 지나쳤다

아지랑이 데이즈 4
—the missing children—

1판 1쇄 발행 2014년 7월 10일
1판 7쇄 발행 2018년 12월 18일

지은이_ Jin
일러스트_ Shidu
옮긴이_ 이수지

발행인_ 신현호
편집국장_ 김은주
편집진행_ 최은진 · 김기준 · 김승신 · 원현선 · 권세라
편집디자인_ 양우연
국제업무_ 정아라 · 김태환
관리 · 영업_ 김민원 · 조인희

펴낸곳_ (주)디앤씨미디어
등록_ 2002년 4월 25일 제20-260호
주소_ 서울시 구로구 디지털로 26길 111 JnK디지털타워 503호
전화_ 02-333-2513(대표)
팩시밀리_ 02-333-2514
이메일_ lnovelpiya@naver.com
L노벨 공식 카페_ http://cafe.naver.com/lnovel11

ISBN 978-89-267-9590-3 04830
ISBN 978-89-267-9484-5 (세트)

값 6,800원

우리 집 더부살이가 세계를 장악하고 있다! 1권

나나죠 츠요시 지음 | 노조미 츠바메 일러스트 | 김진환 옮김

머나먼 독일에서 일본의 영세 공업사 · 이이야마 가문에 찾아온 소년,
카사토리 신야. 그 정체는 세계 유수의 대기업 오리온류트의 창업자로
손가락 하나로 군사위성까지 움직일 수 있는 하이스펙 남자 중학생이다.
사정이 있어 진짜 모습을 숨긴 채 신야는
이곳 이이야마 가문에서 더부살이하게 되었지만…….
"우리 집에는 다 큰 여자애들이 살고 있다구! 갑자기 동거라니!"
그곳에는 취미도 성격도 제각각인 귀여운 세 자매도 함께 살고 있었다?!
사장님~ 지금까지의 경험이 아무 쓸모 없는 환경에서,
어떡하실 건가요?

세계 제일의 무적 소년 사장과
재미있고 귀여운 세 자매가 보내드리는
《GA문고 대상 수상》의 엣 홈 러브코미디!

인생 1~3권

카와기시 오우교 지음 | 나나세 메루치 일러스트

쿠몬학원 제2신문부에 소속된 아카마츠 유우키는 부에 들어오자마자
부장인 니카이도 아야카에게 인생 상담 코너 담당을 떠맡게 된다.
학생들에게 받은 고민에 대답하는 것은 이과 여학생 엔도 리노,
문과 여학생 쿠죠 후미, 체육과인 스즈키 이쿠미 세 명.
3인 3색의 의견이 항상 일치단결되지 않아
일단 실천해보기로 하는데…….
친구, 연애, 공부, 성벽, 장래.
당신의 흔하디흔한 고민에 깔끔하게 대답!
초☆감성 · 인생 상담 개시!

「사신 오오누마」 시리즈로 많은 독자를 폭소의 파도로 몰아버린
경이로운 신인! 카와기시 오우교의 최신작!

2014년 7월 TV애니메이션 방영!